四嫁

墨書白 著

卷之壹

目錄

CONTENTS

第一章　重生　005
第二章　四公主　017
第三章　淮安王　025
第四章　衛家　040
第五章　初次交鋒　060
第六章　鎮國長公主　081
第七章　冊封大典　101
第八章　刺殺風波　122
第九章　共謀大業　142
第十章　太傅之爭　158
第十一章　懷疑　202
第十二章　弒妻案　221
第十三章　姜氏　246
第十四章　舊事　266
第十五章　報仇　279

第一章　重生

齊國皇宮之內，經過一夜廝殺，終於歸為寧靜，宮門一點一點打開，帶著吱呀之聲，彷彿一場正在開場的折子戲，拉開幕簾，讓人窺見戲臺上的場景。

滿地鮮血流滾，屍體七橫八豎躺倒一地，一直躲藏著的太監們被士兵趕出來，開始沖洗這片血腥的戰場。所有人不敢出聲，於是臺上人來人往，卻寂靜得可怕。

所有人都在忙碌，唯獨一個人，他靜立於高臺之上，眺望遠方。

那人身著玄衣華袍，外披白狐大氅，手中抱著帶著蘭香的暖爐，清俊精緻的面容上一片冷漠。朝陽拉長他的身影，夾雜著大雪寒意的狂風吹得他廣袖招搖，他長身而立，遠遠望去，彷若謫仙入世而來，又將羽化登仙而去。

淮安王，秦書淮。

八歲北燕為質，弱冠歸來，在九年後重登權力頂峰，手握重兵，成為權傾朝野的前太子。

這樣的人讓人無法忽視，所有人來來往往時，都忍不住小心翼翼往那人身上投去目光。

而那人彷彿誰都不在意，似乎在等候著什麼。

遠處宮門落滿朝陽光輝，朱紅房檐與朝陽映照，莊嚴古樸，又宛若新生。

昨夜的一切，現在的一切，甚至未來的一切，人與人之間的廝殺爭奪，與這座城似乎毫無關係。

它屹立於此，任憑你廝殺半生，它仍舊風姿如初。

「王爺，」一位穿著軍裝、滿身帶血的俊朗青年急急走來，正是如今北城軍的領軍江春。他走到青年身邊，壓低了聲音道：「皇后將所有皇子關起來，一把火燒了。宮妃也在。」

江春心裡是有些怕的，他小心翼翼打量秦書淮，不知該如何處置，如今的情況，一個不小心，秦書淮就要被扣上謀反的罪名。

畢竟……朝裡一大批老臣，都覺得他要謀反很久了。

秦書淮乃先帝秦靖的獨子，秦靖殘暴荒淫，攪得國家民不聊生，齊國上下對秦靖多有怨言。秦書淮八歲時，齊國與北燕交戰，後來齊國投降，割城賠款後，還將太子秦書淮送了過去，在北燕當質子。

秦書淮去北燕後不久，秦靖暴斃而亡，因為沒有子嗣，齊國為了繼承人的問題爭了很久，最後群臣舉賢，讓秦靖的遠房堂弟，文王秦文煊繼承了皇位。

秦文煊是一位集高尚品德與才能於一身的好皇帝，他勵精圖治，在他的治理下，風雨飄搖的齊國終於重新站起來，成為一方強國。

那時候，秦書淮已經二十歲了，齊國也有了新的太子，作為皇帝的「叔叔」，品德高尚的秦文煊向北燕施壓，用十萬金將這位「前太子」迎了回來。

秦書淮回來後，也頗為爭氣，直接去了軍營，而後南征北討，立下赫赫戰功，最後成了如今權傾朝野的淮安王。

他與秦文煊一直保持著良好的叔姪關係，秦書淮感念秦文煊的恩德，而秦文煊讚賞秦書淮的才能。

沒有君臣隔閡，秦書淮的日子過得也算不錯。唯一不順心的，大概就是婚事。

他一共娶了三任妻子，第一任是北燕公主趙芃，結果在回齊國的路上，水土不服病死了。

第二任是當年出了名的沙場女將姜漪，姜漪乃姜家獨女，秦書淮也是靠著和姜漪的姻親關係，在軍隊站穩腳跟，結果姜漪一嫁給他就重病，三年後，又死了。

第三任是董丞相的女兒董婉怡，董丞相想和手握兵權的秦書淮結盟，就將自己那貌美溫柔的女兒嫁給了秦書淮，誰知道董婉怡一個大家閨秀，居然幹出逃婚這事，爬牆的時候不小心摔成了癱瘓，在淮安王府後院熬了兩年，也死了。

從此以後，秦書淮剋妻之名整個齊國都知道，沒有人敢再觸這個霉頭。

好在當事人也不在意，知情的人都說，淮安王府裡擺著一個牌位，秦書淮每日都和牌位吃飯睡覺，根本不想娶妻。

於是乎，連這唯一不順心的問題也不是大問題，秦書淮的日子過得很是愜意。

他一心想當好王爺，外界卻從來不這麼想，那些皇子和保皇派的大臣，每日都覺得，秦書淮一定別有居心。

為表忠心，戰事了結後，秦書淮就回了封地，結果回封地不到一年，宮裡來了信。

秦文煊不行了，皇后的兒子聯合皇后造反了，封了宮城，扣了皇帝，太子直接被斬了。

秦書淮沒辦法，馬不停蹄趕了回去，結果剛把皇宮打下來，就得了皇后帶著所有人自焚的消息。

江春看著秦書淮面色不太好看，俊美的眉目微微皺起，他不由得道：「王爺？」

「還有一個。」

「嗯？」

江春愣了愣，秦書淮轉身往外走去，冷聲道：「淑美人帶著十六皇子，還在皇陵。」

聽了這話，江春瞬間反應過來。

雖然宮裡的皇子、妃嬪都死了，但是宮外還有一個宮女出身、宮鬥失敗後被貶去守皇陵的美人和皇子啊！

雖然這個妃子品級低了點，這個皇子年紀小了點，但始終是秦文煊的血脈。

這個皇位秦書淮是坐不得的，他坐了，十張嘴都說不清楚秦文煊是怎麼死的。到時候齊國又是一場內亂。秦書淮不想當皇帝，更不想為了當皇帝搞得國家大亂。

於是這個唯一的皇子，就成了秦書淮如今的希望。

秦書淮匆匆走了一段路，突然想起來，「淑美人是不是有一個女兒？」

江春想了片刻，點頭道：「對，嫁給了衛煬……」

「看著她。」

秦書淮說完，翻身上馬，打馬衝了出去。

太陽已經徹底出來了，化雪讓空氣中充滿寒意，秦書淮抬頭看了這冰雪山河一眼，加快了馬鞭。

趙芃夢見了大雪。

北燕的大雪向來凶猛，從來都是風雪交加，下雪時出去，能感覺風如刀一般鋒利地劃過雙頰。

這種天氣，趙芃小時候體會過很多次，那時她跟著弟弟和母妃住在冷宮裡，冷宮沒有炭火供給，每年冬天，總要冷死幾個人，她算是幸運，因為她在這裡擁有母親和弟弟，每一年冬天，他們三個人擠在一起，雖然仍舊覺得冷，但是至少逃脫了凍死的命運。

她已經很久沒感受過這樣的寒冷了。

從她幫著母親走出冷宮，從她一步一步成為北燕皇帝最寵愛的公主，從她輔佐弟弟成為正兒八經的皇子到弟弟奪嫡之戰中勝利成為北燕的帝王……

等等。

趙芃突然意識到，弟弟趙鈺已經成為皇帝了，可是她是怎麼知道的？

她早在十九歲時，就離開了北燕，然後死了……

趙芃的意識有些恍惚，聽到有人叫她的聲音。

無數記憶湧上來，趙芃慢慢睜開眼睛，熟悉的陌生感鋪天蓋地，她輕嘆一聲。

她又活了。

是的，是「又」。

這已經是趙芃第四次重生了。

作為北燕的公主，趙芃當年下嫁齊國送給北燕的質子秦書淮，在她十九歲的時候，秦書淮的遠方堂叔——也就是齊國當時的皇帝秦文煊，以開通商貿為條件，換取秦書淮歸國。

作為秦書淮的妻子，趙芃不得已只能跟著秦書淮回到齊國。但才剛入齊國國境，趙芃就被人毒死了。

死了三次，如今醒來，趙芃已經記不太清當年到底發生了什麼，她只記得她跟著秦書淮回了齊國，然後秦書淮把她毒死了。

是的，是秦書淮毒死她的，她不知道為什麼，只記得自己拚命掙扎，而秦書淮把她抱在懷裡，帶著甜味的毒藥被他灌進她的嘴裡，她掙扎，她打他，然而他只是顫抖著，俊朗的面容上滿是絕望，他死死壓住她的動作，讓毒藥滾入她喉間，哭著道：「芃芃，不疼的，喝了就不疼了。」

「芃芃，別怪我。好好上路，好好去吧……」

她不想死，她也忘了自己為什麼不想死，但她深深記得，那時她不想死，於是她死命推著他。可他一貫那麼順著她，卻一點都沒放手，讓她死了。

趙芃死得不甘心。

她還掛念著在奪嫡之爭中的弟弟趙鈺，還沒過過一天安心日子。可能執念太深，她一睜眼，就發現自己成為一個叫做「姜漪」的女將軍，這個女將軍是齊國名將姜誠的女兒，在齊國頗有聲望。她還沒適應姜漪的身分，她就再次見到了秦書淮。

秦書淮是來娶她的。

而此時距離趙芃死去，還不到四個月。

於是趙芃明白了，秦書淮為什麼要殺她。她死了，秦書淮才能正大光明在齊國娶高門貴女，才能在齊國站穩腳跟。

對此趙芃很感慨，突然覺得自己當年真是瞎了眼，居然覺得這個人還不錯？

那時已經是在成親的路上，趙芃沒有辦法，只能成親當日開始裝病，這病一裝三年，秦書淮也很配合，三年都沒過問她的死活。兩人雖然一個在內院，一個在外院，竟然整整三年沒見過面。

這三年，秦書淮在齊國混得風生水起，以軍功立命，拿到了北方軍權。而趙芃就默默建立自己的勢力，琢磨著等哪一天趙鈺那邊安穩了，她趕緊跑回北燕去。

結果趙鈺剛登基沒多久，她的人手才規劃好，一個月黑風高的夜裡，作為姜漪的趙芃在院子裡吃葡萄，就被一群突然衝進來黑衣人捅死了……

這次趙芃死得莫名其妙，她懷著對真相的探究之心，再一次……活了過來。

一睜眼，趙芃發現自己成為齊國丞相的女兒，董婉怡。

而且，此時董婉怡已經和秦書淮有了婚約，而秦書淮的前岳父姜家已經敗落，秦書淮成為手握重兵的王爺。

於是趙芃又明白姜漪是怎麼死的了……

岳父沒有用了，這個妻子還留著幹嘛？趕緊娶下一個有用的啊！

趙芃總結了一下，秦書淮有毒，當他妻子必然不得好死。

於是趙芃在結婚前一日，費盡九牛二虎之力，打算翻牆逃婚，一路逃到北燕去找正在清理朝堂、剷除異己的趙鈺。結果這位嬌小姐體質太差，爬牆爬到一半就不行了，手上一個打滑，她摔了下來，摔成半身殘疾……

但是她與秦書淮是政治聯姻，哪怕半身殘疾，秦書淮也把她娶回了家，然後照舊放在後院養著。

雖然半身不遂，趙芃很堅強，依舊四處打聽消息，重新經營自己的勢力，但是畢竟已經癱瘓了，這一次趙芃能做得很有限，好在她深謀遠慮，天天擔心什麼時候又死了，於是努力存錢，然後在院子裡，埋了一大箱銀票……

畢竟，董婉怡她爹貪污太厲害，其他沒有，就錢特別多。

趙芃的想法是很正確的，果不其然，兩年後的一日，她吃著水晶蝦餃的時候，突然有一種熟悉的感覺……

那感覺和她十九歲死時那次，一模一樣。

她立刻判斷出來，有毒。

可是來不及了，她要死了。

趙芃崩潰了，她第一次這麼想掐死一個人，想不顧儀態對一個人破口大罵。

你要給別人挪位子你休了我啊！每一次都殺了我，有意思嗎？

於是趙芃死的時候反覆向上天祈求。

她不要嫁給秦書淮。

不要嫁給秦書淮！絕對絕對，不要再嫁秦書淮了！

趙芃不知道她的祈求有沒有效果，她腦子裡有點亂，原身的記憶還沒有理清楚。

旁邊傳來一聲小心翼翼的呼喚：「夫人，您好些了嗎？」

夫人？哦對。

趙芃想起來，這個身分叫秦芃，也是個公主。這個人和她有點像，同樣都是不受寵的母妃生下來的孩子，可她們不太一樣的是，趙芃雖然出生卑微，卻一步一步謀劃把自己拚成了最受寵的公主。而這個秦芃就……不受寵到了最後。

性格唯唯諾諾，除了一張臉以外沒有任何讓人看得起的地方。好在這張臉彌補了她八成的缺點，十五歲嫁給了宣武侯世子衛煬。誰知道成親當日，衛煬就被派到戰場上去，然後掛了。

衛家那一戰近乎全滅，只留下十四歲的衛衍。一個只有十四歲少年的門庭，所有人都以為衛家的榮光到此為止，於是衛家的女人自殺的自殺，改嫁的改嫁，就剩下衛老太君以及秦芃，秦芃性子溫順，丈夫死了，她分毫沒有改嫁的念頭，反而主動去了護國寺去修佛，說是為衛煬祈福。

一修修了十年，衛家大起大落，衛衍一路廝殺拚搏，終於讓衛家重獲榮光。

而秦芃也用了十年時間，將自己打造成一座行走的牌坊。

趙芃總算理清楚現在的狀態，她心裡舒了口氣，隨後感覺十分欣喜。

很好，這一次，秦書淮再也沒有理由娶她了吧？不用太早死，如今趙鈺那邊大概也安穩了，她找好機會，寫信給趙鈺，只要趙鈺信了她是趙芃，她立刻回北燕！

未來很美好，趙芃心裡十分歡喜，她輕咳了一聲，收回思緒，抬起頭，看了問她話的人一眼，那是秦芃的陪嫁丫鬟，春素。

秦芃染了風寒，昨夜高燒了一夜，就是春素和秋素兩個人陪著。

此刻看見趙芃面色不太好看，秋素有些焦急道：「不行，夫人，我還是去叫大夫吧。」

「不必了。」趙芃抬手阻止了兩人：「給我點水，我緩緩吧。」

春素應聲去倒了水，秋素揉了帕子，有些焦慮道：「夫人，有病就要看，您總怕給人添麻煩，過去在宮裡這樣，在衛家這樣，如今到了……」

「四公主殿下！」

秋素話沒說完，門外突然傳來一聲低喝，那人似乎十分焦急：「四公主殿下可在？」

四公主這個稱呼，在場的人已經近十年沒有聽過了。春素和秋素交換一個眼神，趙芃也冷了臉色。

外面的人見裡面靜著，便急促道：「四公主，老奴董尤，奉娘娘之命前來！」

一聽這話，三人呆了呆，趙芃立刻反應過來，這個董尤的確是秦芃生母淑美人的貼身太監。

宮廷之事從不簡單，趙芃立刻道：「進來。」

秋素連忙開了門，董尤立刻閃身進來，秋素將門關上，董尤身上穿著一件厚厚的大氅，他將大氅打開，懷裡竟抱著一個八九歲大的孩子。

那個孩子在董尤懷裡瑟瑟發抖，一看見孩子的模樣，所有人倒吸口涼氣。

趙芃豁然起身，震驚出聲：「你怎麼把他帶來了！」

第二章　四公主

因為出身皇家公主，趙芃繼承了秦芃的記憶後，對她的弟弟特別關注。

秦芃的母親早年憑藉美貌有過一番恩寵，於是有了秦芃。秦芃十六歲時又憑藉秦芃丈夫衛煬的面子得了一番恩寵，於是有了秦芃這個幼弟，最小的皇子秦銘。

因為生得太晚，太子已經快三十歲了，秦銘還只有九歲，所以沒有人覺得秦銘有什麼威脅，但因為看不慣淑美人得寵，皇后用了些手段，將淑美人和秦銘弄出了宮，尋了個由頭去守皇陵了。

秦芃安安穩穩在護國寺修佛，和這個弟弟沒有太大的交集，也就是逢年過節入宮的時候見過那麼幾次，但因為趙芃刻意回憶過秦銘，所以秦銘一出現，趙芃立刻認了出來。

秦銘此刻不在皇陵，那必然是出了大事，趙芃雖然打定主意一心要回北燕，但這有個前提——她得活著回去。

趙芃目光落到董尤臉上，聲音冷冽道：「怎麼回事？」

董尤微微一愣，頓時察覺秦芃如今氣勢不同以往。過去秦芃性子唯唯諾諾的，本來帶著秦銘過來，他還擔心秦芃膽小怕事，如今看著秦芃這鎮定的模樣，董尤心中稍安，立刻道：「先前三皇子造反，聯合皇后圍困宮城，此事殿下知曉的吧？」

趙芃聽到這消息，心裡頓時來了氣。

知曉？這麼大的事，秦芃是真的，一！點！都！不！知！道！

真是修佛修成了傻子，安安穩穩臥在護國寺，什麼都不管了。

但此刻不是追究的時候，她坐在椅子上，目光落在秦銘身上，淡道：「出了什麼事你直接說吧。」

「昨日夜裡，淮安王打進宮了，今早宮裡的老人來說，皇后娘娘一把火將後宮皇子都燒死了，如今陛下血脈只剩下十六殿下，娘娘猜想，若是淮安王真的想謀反，小殿下怕是保不住了，就想著將小殿下送到您這裡來……」

說著，董尤悄悄打量秦芃一眼，卻見秦芃面色冷靜，沒有半分驚慌，全然不像他猜想的那樣慌亂無措。

董尤心裡咯噔一下，一時拿不准秦芃的意思，立刻跪了下來，焦急道：「殿下，娘娘真的是沒有辦法了。小殿下是您的親弟弟，要是您都不管他，真的沒有人管得了了。」

「我也想管。」趙芃深吸口氣，慢慢張開眼睛：「可我管得了嗎？你都知道我是他親姊，淮安王不知道？」

趙芃念及這個名字，心裡仍舊有點異動。但她按住自己紛雜的思緒，不去想她和秦書淮之間的關係，思索著如今該怎麼辦。

跑是不能跑的，如果秦書淮真的存了殺心，以他的手腕，他們此刻不可能跑得掉。

想讓秦書淮不存殺心，要怎麼辦呢？

趙芃迅速捋了一下，轉頭問董尤：「如今北燕形勢如何？誰當君主？國力怎樣？最近朝政是否發生什麼大事？還有南邊那些小國動向如何，陳國是否安穩？」

董尤聽到趙芃問這些，不由得有些焦急：「殿下，都火燒眉毛了，您問這些做什麼？還是趕緊送小殿下走吧……」

「我讓你答你就答，本宮做事還要你一個奴才教嗎！」

趙芃暴喝，董尤從未見過秦芃這副模樣，彷彿真是一位尊貴無雙的公主，帶著凌人傲氣，讓人匍匐稱臣。

董尤被趙芃的氣勢壓住，雖然不太願意，卻還是同趙芃說起近來的局勢。

北燕趙鈺繼承皇位後，勵精圖治，如今蒸蒸日上，實力日漸強大，是齊國一大勁敵。而南邊小國都被衛衍在邊境壓著，一時間應該起不了叛亂之心，但隨時可能反彈，也是一大不安因素。

也就是說，如今秦書淮想稱帝，必須面臨兩個障礙。

第一是國亂，要麼秦書淮能力通天能一手穩住局勢，不讓邊境諸國趁著齊國內亂之際亂來；要麼秦書淮完全不顧百姓生死，寧願割地也要當上皇帝。

可很明顯，秦書淮兩者都不是，他既沒有能力通天，也不是昏君。所以這個障礙，秦書淮無法克服。

第二則是衛衍。

秦書淮手握著北方大半軍隊，如今齊國北境版圖幾乎是他打下來的，可南邊的軍隊卻屬於衛衍。而衛衍又是秦芃的小叔子……

於是秦芃和衛衍的關係就變得至關重要。如果秦芃和衛衍關係不錯，衛衍必然是站在秦銘這邊。那秦書淮登基一事，也就不那麼穩妥了。

趙芃理清了情況，定下心神。

她驟然發現，其實整個局勢裡，秦芃這個看上去軟弱可欺的女人，居然才是關鍵人物。

她是皇子的姊姊，又是衛衍的嫂子，這樣的身分，讓她成為秦書淮必須正視的一位勁敵。

外面傳來了兵馬聲，趙芃……哦不，如今該叫秦芃了，她抬起眼眸，面色平靜道：「備上華服，沐浴更衣，準備迎接貴客。」

「殿下……」董尤害怕起來，提醒道：「這可是您親弟弟啊。」

「我知道。」秦芃站起身來，瞧了董尤一眼：「你莫擔心，我的弟弟，我自會保住。」

當然要保住秦銘，秦銘要是沒了，秦芃也活不成。秦書淮向來斬草除根，秦芃雖然軟弱，但她是衛衍的嫂子，誰也不知道她會不會突然想通了，聯手衛衍為自己弟弟報仇。

有了秦芃的承諾，董尤稍微定下心神，帶著秦銘去隔間歇著。春素去給秦芃打洗澡水，一打開門，春素就看見周圍都是士兵，廂房被圍得嚴嚴實實，一個俊朗青年上前一步，恭敬道：「臣江春奉命前來尋找十六皇子下落，不知四公主可否行個方便？」

春素嚇得心神不定，顫抖著聲道：「大人稍等。」

說完她便關上門，焦急道：「夫人，這可怎麼辦？」

秦芃在秋素的幫助下脫了外衫，一副不慌不忙的模樣道：「同他說，十六皇子的確在我這裡，不過我不見他，讓他叫秦書淮過來。怕什麼呢？」

秦芃笑了笑，那張豔如牡丹的面容上帶著笑，瞬息間便讓人覺著，似人間四月，處處美景。

秦芃看著面前看愣的丫鬟，溫和了聲道：「本宮在這裡，壯起膽子來，莫怕。」

聽了這話，春素瞬間覺得膽氣足了許多，她行了個禮退出去，挺直了腰板，不卑不亢同江春道：「公主說了，十六殿下的確在這裡，但她不見大人，煩請大人回稟淮安王，公主有話同他說。」

這話出乎江春意料。

江春是見過秦芃的，在宮宴上，當時秦芃不慎摔了一個杯子，就嚇得淚流滿面，大家都說，這公主膽小如鼠，小家子氣得很。

後來江春在軍中與衛煬來往過，衛煬提起這位妻子，就是兩個字，溫順。

方才見到那丫鬟戰戰兢兢的，江春便覺得，僕似主人，那秦芃大概也是個兔子般的人物。要麼嚇得撒謊，直接說秦銘不在；要麼直接把人交出來，哭著求饒。

誰知這丫鬟這麼一出一進，突然變了個人似的，一舉一動淡定得頗有宮裡那些高位女官的架勢來。

江春多看了春素一眼，隨後笑道：「好，我這就去回稟，煩請公主稍候。」

說完，江春立刻派人去請秦書淮。

而秦芃就在屋子裡，梳洗過後，穿上純黑蹙金刺五鳳廣袖華袍，袍子上織著紅色卷雲紋路，內著純白曲裾，黑底紅襯腰封，頭頂純金嵌珠花，兩支同色同紋步搖附入髮髻兩側，隨著動作輕輕搖擺，顯得極為莊重華貴，又不失美麗優雅。

秦芃本身貌美，只是過去唯唯諾諾，氣質不顯，又無文人吹捧，在外界看來，沒有太傅之女柳詩韻的名聲來得響亮。人家說柳詩韻都是齊國第一美女、宣京第一美人，談及秦芃則是——美則美矣，卻無氣韻。

大實話。

然而如今趙芃進了秦芃的身子，多年經驗讓她在穿上華袍的瞬間找回了感覺，服侍著她穿衣的秋素詫異主子的變化，小聲道：「夫人今日……似乎不一樣了。」

「妳聽說過為母則剛嗎？」

秋素有些茫然，秦芃看著鏡子裡堪稱國色的面容，平淡道：「為姊亦是如此。」過去作為玉陽公主的趙芃如此，如今作為秦芃的四公主也當如此。

聽了秦芃的話，秋素點頭道：「夫人說的是。」

「別叫夫人。」秦芃聽這個稱呼聽得難受，想了想，斟酌道：「以後叫主子吧。」妝上好了，外面傳來士兵跪地問安的聲音，是秦書淮來了。

秦芃深吸一口氣，算了算年歲，距離她上一次作為董婉怡死去，已經一年多了。驟然再見這位嫁了三次的「前夫」，秦芃心中有些雜亂。她捏緊拳頭，用掌心刺痛提醒自己，春素恭敬進來：「夫人，淮安王來了。」

秦芃點點頭，端坐於外間蒲團之上，姿勢端莊典雅，如同在大典之上一般，神色鄭重：「請。」

站在門外的秦書淮見大門打開，提步走了進去。

秦芃瞇眼看他。

男子身形挺拔，面容清俊，五官精緻如繪，神色淡然沉著。他抬眼時，一雙眼波瀾不驚，如深潭古井，引人探查，又深不見底。

清晨霞光落於他身後，映在他的狐皮大氅之上，讓他整個人彷彿散發著光芒。

他站在門前，抬眼看她。

目光交錯瞬間，他眼中露出幾分探究。

面前女子姿勢端正優雅，氣勢極盛，彷若鳳凰盤於梧桐之上，睥睨眾人。

天生的公主貴氣，在這個人身上彰顯無遺。

不是每個公主都擁有著這樣的氣勢，甚至可以說，大多數公主都沒能擁有。

而秦書淮上一次見到這樣氣勢的公主，已是九年前。

他那早亡的第一任妻子，北燕如今追封的護國長公主，趙芃。

第三章　淮安王

這個念頭一閃即逝，秦書淮收起思緒，看著面前的女子抬手放在額前，恭敬地匍匐在地：「見過王兄。」

他們算起來，是隔著六代關係的堂兄妹，因為離得實在太遠，怕是要從秦書淮的爺爺的爺爺輩算起，故而秦芃這麼叫出來時，秦書淮一時沒反應過來，皺了皺眉，片刻後，慢慢道：「見過公主。」

外面春素在秦芃眼神示意下關了門，房間裡留下秦芃和秦書淮兩個人。秦書淮走上前，抬起衣擺，跪坐在秦芃對面。

他面色淡淡的，看不出情緒，秦芃也不知道秦書淮從什麼時候開始，變成現在這個樣子，她記憶裡，剛遇到秦書淮時，這人還是個很健談的少年，她和他剛剛成親那些年，他幾乎每晚都不睡覺，來回折騰。

折騰完了也不嫌累，握著她的手有無數話講。

十二年來她其實一直陪著他，哪怕見面次數少了些，可當了他三任妻子，對他的瞭解，怕是比任何人都深，此刻正對著他，看著這個人跪坐在自己面前，神色平淡氣度從容端起茶杯，褪去少年稚氣的臉無喜無怒，她才驟然驚覺，自己竟然已有快七年的時間，沒有這麼好好看過他了。而七年足以將一個人打磨得面目全非，當年那個愛笑愛說話的少年，已經成了如今這個氣度從容平靜的淮安王。

「公主找本王，是想說什麼？」

秦芃一直看著他，讓秦書淮有幾分不適，他抬起眼皮，迎上對方的目光，秦芃將思緒收到當下之事上，笑了笑道：「妾身請王兄來，是為了十六皇子的事，十六皇子乃妾身同胞弟弟，如今王爺想要將阿銘帶走，不知所為何事？」

秦芃同秦書淮繞著圈子，同時心裡準備好了說辭，打算讓秦書淮權衡利弊，千萬別愚蠢的幹出幹掉所有皇子自己登基的事情來。

其他不說，秦芃是衛衍嫂子，是秦銘的親姊姊，要殺秦銘，衛衍如何想？

秦芃知道秦書淮不是個不顧百姓的人，她拿捏住秦書淮的短處，只差如何提起，她準備好了所有應答，卻未曾想，秦書淮抿了口茶後，直接道：「如今陛下子嗣都在宮亂沒了，只留下十六皇子乃天家血脈，我自然是迎十六殿下回去繼承皇位登基了。」

一聽這話，秦芃當場就愣了。

她本以為秦書淮準備了一堆措辭，只是想將秦銘帶走後悄無聲息殺掉，不給秦銘任何登基的機會。誰知道秦書淮一張口就是——去登基？

秦芃內心狂跳，但面上仍舊鎮定，她喝了口茶壓驚，繼續道：「王兄也是天家血脈，更是靖帝正統，王兄何不自己稱帝？」

秦書淮面不改色，一副忠君愛國的模樣道：「王叔待我恩重如山，本王又豈能在王叔故去後，不善待自己的兄弟？」

「且，」秦書淮抬眼看向秦芃，嘴角勾起一抹嘲諷的笑：「看今日公主的意思，本就準備好說辭奉勸本王，現在就妳我兩人，公主何必惺惺作態？」

「如今陛下子嗣只留下十六皇子，本王沒有選擇，今日公主願意，那就隨本王回宮，讓禮部著手準備，大家皆大歡喜。若公主不願意……」秦書淮頓聲，抬眼看了秦芃一眼。秦芃含笑不語，卻已明白秦書淮的意思。

「若是不願意，」秦芃面上笑容帶著冷意：「從此之後，就再無四公主了，王兄是這個意思嗎？」

「衛衍尚在邊疆，來此要半月餘。就算與衛衍正面衝突，本王也無所懼，最重要的是，公主這麼有信心，衛衍會為公主出手嗎？」

秦書淮一針見血。

衛衍與他實力不過相當，事情塵埃落定後，秦銘也已登基，衛衍會為一個死掉的嫂子與秦書淮動手嗎？

且不說秦芃與衛衍本身沒有太大的交集，就算有，衛衍這樣一個人撐起一個家族的男人，絕對不是衝動的人。

秦芃不是不識好歹，她本意不過是勸說秦書淮不要殺秦銘自己登基，如今秦書淮既然沒有這個意思，她便不會再多事。於是她行了個禮道：「日後就多謝王兄照顧了。」

「那，」秦書淮站起身來，面色平淡：「本王就先祝賀長公主了。」

「謝王兄。本宮也提前為王兄賀喜。」

賀喜什麼，兩人都沒有言明，卻心知肚明。

幼帝登基，如秦書淮這樣的人，自然會成為實際的掌權人。

不過這些都是後話，當下之事解決了，秦芃心裡舒坦了許多，同春素道：「收拾一下，準備下山進宮。」

又抬頭同秋素道：「去將小銘抱過來，給我瞧瞧。」

不一會兒，秋素就將秦銘抱了進來，董尤和春素去收拾行李。

秦銘如今才八歲，看上去頗為瘦小，但五官長得十分精緻，與秦芃有幾分相似。他們的母親雖然呆笨且出身寒微，卻是一個十足的大美人，這才在這樣的脾氣和出身下，接連兩次盛寵。

姊弟倆都繼承了父母的優點，尤其是秦芃，身為女子，這副容貌堪稱國色天香，完全沒有半分瑕疵。

而秦銘尚未長開，卻也是一個粉雕玉琢的好看娃娃。

這讓秦芃想起了當年的趙鈺，趙鈺也是這樣，從小就好看得緊，小時候在冷宮裡過得艱難，性格有些軟弱，常常躲在趙芃後面，怯生生喊「姊姊，算了，算了」。

可是一旦真的出了事，打了架，趙鈺又會跟個瘋了的小狗似的，死死護在趙芃身前。

想起過去的趙鈺，瞧著面前的秦銘，秦芃內心不由得軟了許多，她握住秦銘的手，秦銘嚇得縮了一下，秦芃溫柔笑起來：「別怕，我是你姊姊。」

秦銘小心翼翼抬眼，這樣怯懦的樣子，明顯在皇陵過得不是很好。秦芃抬手撫摸他的髮，心裡有些酸楚：「以後我照顧你，我保護你，你想要什麼、想吃什麼、想玩什麼，都可以告訴我。誰也欺負不了你，知道了嗎？」

秦銘不敢說話，但明顯被這話打動，秦芃耐心道：「叫姊姊。」

秦銘張了張嘴，像貓叫一般，小聲叫出一聲：「姊姊。」

此時春素和董尤已經把東西收拾好了，就秦芃以前那樸素性子，在護國寺根本沒幾件東西，春素提醒秦芃道：「主子，已經好了。」

秦芃點了點頭，拉著秦銘起身，往外道：「走吧。」

一行人上了馬車，秦書淮送他們回去，一路上秦芃都在逗弄秦銘，到了宮裡時，秦銘澈底放開了，一聲一聲甜甜地叫姊姊。

秦書淮注意到秦銘的轉變，他不著痕跡地將目光落到秦芃臉上，看見秦芃面上溫和耐心的笑容，他頓了頓，而後收回目光。

江春走過來，詢問秦書淮道：「大人在瞧什麼？」

秦書淮沒接話，他提步走向御書房，吩咐道：「讓六部尚書來見吧。」

「王爺……」江春有些躊躇：「新帝未立，您宣人到御書房去，不是很好吧？」

「新帝未立，」秦書淮聲音中帶著肅殺之意：「我的位子，卻是該立了。」

江春聽了秦書淮的話，立刻明白了秦書淮的意思。

皇帝給了秦銘，朝中的權力卻是不會移交的。御書房召六部尚書，無非就是和天下宣告一聲，如今朝中真正的掌權人是誰罷了。

「還有，」秦書淮突然想起來：「昨夜我讓你給衛衍的消息，你遞了嗎？」

江春點頭：「王爺放心，召衛衍回京的信已經送出去了。衛老夫人病重的事也一併說了。」

秦書淮點點頭，面色冷峻：「準備好人手吧。」

秦書淮去御書房忙活時，秦芃拉著秦銘回了後宮，一進宮裡，一個穿著藍色素衣的女人就撲了過來，將秦銘拉到懷裡，焦急道：「銘兒無礙吧？可有受傷？」

秦芃看著面前的女人，雙手攏在袖間，靜靜等著女人檢查好秦銘放下心後，才淡然開口：「母親。」

女子聽到女兒叫她，有些不耐煩地抬起頭，上下打量秦芃一眼，發現秦芃身著華服，頭頂金簪，頓時不滿起來：「妳今日打扮得如此隆重入宮，卻讓銘兒穿得這樣寒酸，妳只顧著自己抬得上臉面，卻不想他日後是要當皇帝的，如此打扮進宮來，怕是要讓人瞧不起！妳這姊姊，日後還需靠著銘兒，妳怎的這樣做事？」

秦芃沒說話，對於淑美人這樣說話，她毫不意外。

淑美人名李淑，本就出身鄉野，對外徵召宮女時為了銀錢入的宮，又因臉和「率直」被秦文煊看上，從來沒有任何禮儀可言。

趙芃的母親雖然也是宮女，卻是大家之後，因父親犯事被貶入宮中充奴，兩者出身截然不同，因此養出來的兒女自然也不一樣。

鄉野對男孩多看重，雖然秦芃養得更早，在李淑心裡卻不及秦銘半根指頭，這也是為什麼秦銘出生後，秦芃多年沒和李淑來往的原因。

此刻聽著李淑說話，秦芃根本懶得搭理，直接道：「那讓宮人帶小銘去熟悉吧，母親，我們且先商量一下後面的事吧。」

聽到這話，李淑有些奇怪。

記憶裡秦芃一向唯唯諾諾的，若是往常被這麼一罵，怕是早就紅了眼眶，哭著鼻子要走了。

可如今這個女兒，不但沒有哭沒有鬧，反而還鎮定自若商量著後事。

奇怪歸奇怪，李淑倒不覺得有什麼，畢竟人總是會變的，她與秦芃這些年幾乎沒見過面，根本不知道女兒經歷了什麼。如今不哭了，倒是件好事。

她點了點頭，讓人將秦銘帶了下去。而後她站起身來，學著以前她見過的皇后那般擺著姿態道：「芃兒啊，日後銘兒就是陛下了，妳身為公主，不能直呼他的名諱，要記得叫陛下。今日便算了，日後若是再這麼叫，就要按照宮規處置了。」

聽了這話，秦芃內心冷笑。

她隨著李淑到了位子上，看著李淑坐下，她直接開口：「秦書淮妳打算怎麼辦？」

李淑端著茶杯的手嚇得一抖，水燙到手背上，她焦急抬頭：「作死哦，妳提他做什麼！」

對於秦書淮的事，趙芃本是不想管太多的。按照她的計畫，如今她最好的出路就是等一個好時機，想辦法聯繫到趙鈺，然後回北燕去。回了北燕，她再來和秦書淮算她死了三次這筆帳！

可是趙鈺已經是北燕皇帝，她如今一個無權無勢的齊國公主，貿然聯繫趙鈺，被人發現，怕是信沒送出去，通敵叛國的罪名就下來了。

那麼在此之前，她要想辦法讓自己活得好一點。

退一步講，哪怕她聯繫了趙鈺，趙鈺不信呢？

如果趙鈺不信，那麼她註定只能當秦芃了。所以為了所有可能，她如今必須將自己放在秦芃的位置上，替秦芃謀劃未來的路。

所以她詢問李淑，如何處理秦書淮。

卻不想，這位太后竟如普通婦人一樣，被秦書淮嚇得不敢提他的名字。

李淑低頭用帕子擦著手，嘴裡嘟囔起來：「人家現在權大勢大，能放過我們孤兒寡母就不錯了，妳還問我想要怎麼辦？我能怎麼辦？我老老實實的，他見咱們乖巧，就不會怎麼樣了吧？哎呀這些事，等銘兒長大再想吧，妳不知道銘兒多聰明的，等他長大……」

李淑也不知道是怎麼的，說著說著就拐到誇秦銘上，說起秦銘，李淑眼裡有了光彩，抬手去拉秦芃，接著道：「到時候銘兒肯定很厲害的啦，自然會想辦法對付秦書淮的。咱們現在乖巧一點，什麼都別說話，就好啦。」

聽到這些話，秦芃面上微冷，默不作聲將手從李淑手中抽回來，坐在李淑身邊道：「若秦書淮不打算等到陛下長大呢？」

李淑面色僵了僵：「妳這話是什麼意思？」

「秦書淮乃靖帝嫡子，論血統，他才是堂堂正正的天家血統。不過是因為靖帝名聲太壞，父王名聲太好，如今大臣百姓感念父皇恩德更多，對靖帝之子多有畏懼，所以秦書淮才沒有在此時上位。等過幾年，他手握大權，攢下了好名聲，換掉了父皇過去的老人，到時候他再想登基，就是順理成章的事情，那時候小銘才十幾歲，被架空的年輕帝王，妳讓他拿什麼和秦書淮鬥？」

「他……」李淑聽了秦芃的話，一時呆了，竟什麼都說不出來，絞著手中帕子，面上有了懼意。

秦艽靜靜等著這個母親想明白，誰曾想過了片刻，李淑猛地抬頭：「我有法子了。」

「嗯？」

秦艽有些疑惑，倒是沒想明白，李淑這個腦子，能有什麼法子。

李淑眼中帶著光，看著秦艽，抬手握住秦艽的手道：「艽兒，銘兒的命，得靠妳了。」

「母親的意思……」秦艽小心翼翼，不知道李淑的想法是不是和她一致。

秦書淮如今暫時不會動他們，李淑無論怎樣，一定要替秦艽掙個鎮國長公主的名頭回來。

長公主和鎮國長公主，雖然只有兩個字的區別，可實際權力差別卻大的去了。

長公主只是皇帝的姊姊，只是表示一下恩寵與殊榮。

可是鎮國長公主，那是可以養著府軍、能入朝堂的實權人物。尤其是皇帝幼年，必然需要人輔政，以前的慣例是太后在輔政大臣幫助下垂簾聽政，可靠李淑這腦子，她去輔政，怕是去給秦書淮當擺設的。最好的法子莫過於讓秦艽當上鎮國長公主，協同秦書淮輔政，等秦艽在朝堂上養幾年，有了自己的權勢，以後秦書淮再想對秦銘動手，就難了。

雖然秦書淮如今未必願意，但以秦書淮的自傲，加上秦艽和李淑刻意運作，此事大概是能成的。

秦芃垂下眉目，等著李淑回話。

李淑興奮道：「芃兒，妳嫁給秦書淮，以後多給他吹點枕邊風，灌點迷魂藥，若能為他生個兒子，妳在他府中就是說一不二的大夫人，他是銘兒姊夫，還能對銘兒作出……」

「荒唐！」不等李淑說完，秦芃霍然起身，止不住怒氣，怒道：「妳當秦書淮是傻子嗎！」

秦芃吼出聲來，心裡又怕又怒，就怕陰錯陽差，又被搞去嫁給秦書淮。她嫁了秦書淮三次了，三次不得善終。她是嫁秦書淮嫁夠了，若真的要走賣身求榮這條路，還不如嫁給衛衍！

秦芃氣得渾身發抖，李淑冷哼道：「妳不就是掛念著衛煬，想著給他守寡。芃兒，我知道，衛煬待妳好，妳喜歡他，念著他，可這麼多年了，妳還年輕，得為未來打算，秦書淮……」

「我就算嫁了他，秦書淮也不可能不對陛下做什麼！」秦芃冷著聲音：「妳可記得他前兩任夫人？當年姜漪嫁他，姜家就是想著聯姻這條路，等後來秦書淮接管了姜家兵權後，姜漪怎麼了？死了！姜家呢？垮了！」

「那是姜漪身子骨不好……」

「那姜漪是個巧合，董婉怡呢？董婉怡的父親當年不也是看中秦書淮有軍功在身，想著他文臣秦書淮武將，等後來秦書淮在朝中站穩了腳跟，董婉怡怎麼了？也死了，而董家也因北旱髒銀案舉家鋃鐺入獄。這也是巧合嗎？」

「妳盤算著如何借助婚事拖住秦書淮，怕是秦書淮也在盤算著如何借著婚事拖住咱們！」

「那……那怎麼辦？」李淑聞言，眼淚都快落下來了：「妳……妳要不再尋個有權勢的嫁了吧，這朝廷裡……」

「等陛下登基，妳準備一封懿旨，冊封我為鎮國長公主，秦書淮為攝政王，共同輔政。」秦芃同李淑說不下去了，果斷道：「我會保護陛下。」

「妳……」李淑有些不敢相信：「就憑妳……」

「我是衛煬的妻子，」秦芃抬起眼簾，目光冰冷：「是衛家如今的當家主母，是衛衍的嫂子，是陛下的親姊姊。母親，」秦芃看著她，認真道：「我有能力，也有地位保護你們。」

李淑沒有說話，她呆呆地看著秦芃。

自己這位女兒，真的變得太多了，變得讓她幾乎不敢相認。

她說的每句話都這麼有力度，讓李淑忍不住相信她，哪怕她骨子裡總覺得女人做不成大事，卻忍不住開了口：「好吧……」

「到時秦書淮必然是要對妳施壓的。」秦芃繼續吩咐李淑：「陛下登基前，秦書淮一定會來同妳要攝政王的位子，到時我會在場，妳先推脫著，他若強壓，妳便提出來，若他要當攝政王，就讓我當鎮國長公主，他若是不答應，妳就帶著陛下回去守皇陵。」

「他若真讓我們回去守皇陵呢？」李淑慌張出聲。

秦芃嗤笑：「他不敢。」

「如今他已經將十六皇子登基的消息放了出去，陛下如今有三長兩短，他脫不了干係。而且到時候衛衍也會回來，如今我們有衛家撐腰，母親無需擔心。」

「那……那就這樣吧……」

李淑也沒了主意，這場對話不知道怎麼的，就順著秦芃走了。

秦芃瞧著李淑，看出來這人是個見軟就欺的，話說完了，也沒有了耐心，徑直道：「那母親，我退下了。」

「去吧。」李淑揮了揮手，皺著眉頭，明顯還在想著秦芃的話。

秦芃走了幾步，頓住步子，回頭看著眉頭緊鎖的李淑，冷聲道：「母親，妳需記得，妳如今已是太后了。」

是太后，就要有太后的手腕，太后的心腸。

享受太后的權利，承擔太后的義務。

她不知道李淑是不是能聽進她的話，轉身便走了。

出去後宮門外帶著寒意，侍女上前，將早已備好的暖爐放到秦芃手心。

如今時局還亂著，周遭處處是秦書淮的人，秦芃也去不了其他地方，只能在宮裡候著。等過了兩日，宮中局面安定後，秦書淮才肯放人出宮，秦芃立刻吩咐：「去衛家吧。」

衛衍是要叫回來的，只是她卻不知道，要如何同衛老太君說此事。

原身和衛衍交集很少，也就當年衛衍抱著衛煬一干衛家子弟牌位回來時見過一面。那時衛衍還是少年，披麻戴孝，手裡捧著牌位，身邊是衛家哭哭啼啼的女人，他生得俊朗剛毅，在一片哭聲中，同眾人冷靜道：「今日我父兄皆戰死，各位嫂嫂還年輕，若是有其他意思的，可以從衛家領了錢，自行離去。若願意留在衛家的，衛衍謝過。」

當年的秦芃一聽衛衍的話，嚇得差點哭昏過去，跪著挪到衛衍面前，抓著衛衍的褲子道：「小叔，小叔你別趕我走，我要為夫君守寡，我要在衛家待一輩子！您千萬別趕我走！」

衛衍被她嚇了一跳，面上愣了愣，隨後冷靜下來，點頭道：「嫂子願意留下，衛衍謝過。」

後來衛家的女人，只有衛老太君和秦芃留下。家裡的錢財被分了七七八八，一共五個孩子全留在了衛家，由衛老太君一個人撫養，衛衍一手操辦完喪事，就直接帶著衛家家將奔赴邊關。

而秦芃在整個過程裡……就知道哭。

哭完了便上護國寺，只有逢年過節這些基本禮儀去衛家一趟。

她甚至不太清楚，衛衍到底是什麼性格、到底立了什麼功勞，如今到底是什麼身分。

只能從他人嘴裡知道，衛衍如今握著整個南方邊軍。

秦芃回憶著衛衍，忍不住抬頭看了春素。

「春素。」

「主子？」

「那個衛衍，妳知曉嗎？」

第四章　衛家

「主子，」春素有些好奇：「您怎麼突然對七公子有興趣了？」

以往秦芃是對誰都沒什麼掛念的，好像自己青燈古佛就能一輩子，而衛衍更是讓秦芃有些懼怕，面對這個小叔子，秦芃能躲就躲，能避就避。如今秦芃突問起衛衍，春素不免有些吃驚。

「如今要靠著他幫忙。」秦芃解釋道：「自然要多瞭解。」

春素聽聞笑了，面上有些不好意思：「七公子……奴婢知道得不多，大概和宣京裡其他姑娘知道得差不多吧……」

春素便說起衛衍來。

十二歲跟著家人上戰場，十四歲衛家男子均戰死前線，只有他一個人因為年幼沒有參加那次包圍戰僥倖活了下來。那時所有人都以為衛家要垮了，衛家除了秦芃，另外五個嫂子都改嫁了，衛家冷冷清清，門可羅雀，剩下衛老太君獨自撐著衛家。至於秦芃的作用，可以忽略不計。

誰知道這位十四歲少年領了兵回到戰場，居然從此成為戰神級別的人物，在南方邊疆讓敵軍聞風喪膽，成為齊國南方戰線的守護神。

他一路升遷至一品鎮南大將軍，手握三十萬大軍，而衛府在宣京中的地位也因此水漲船高，因為衛衍沒有妻子，於是賞賜都往秦芃和衛老太君頭上砸，秦芃如今名下的封地、房產、珠寶、銀錢，加起來連她自己都不知道有多少。

如今十年過去，衛衍已經二十四歲，許多人家都盯著這位貴公子娶親，結果衛衍卻一直待在邊境沒有回來，按照他的話說——國不立，家不成。

「不過，大家都說，這一次七公子要回來成親了。」春素說著，不知怎麼紅了臉。

秦芃好奇地打量著她，假做沒看懂春素臉上的羞紅：「哪裡來的消息？」

「因為百匯族降了，南方邊境如今安穩下來，七公子如果還握著那麼多兵在邊境待著，朝廷怕是不大開心。所以七公子應該會回宣京了。」

「如今既然戰事平了，按照七公子當年的承諾，必然是要張羅親事的。」

春素小心翼翼看了秦芃一眼，秦芃手裡抱著暖爐，看見春素那略期待的眼神，忍不住撲哧笑出聲來：「妳這什麼眼神？莫不是以為我會將妳送給衛衍當通房不成？」

「主子切莫玩笑話了！」春素慌忙開口：「七公子哪裡看得上奴婢？」

「哦？」秦芃眼中華光流轉，似笑非笑：「妳還真有這個意思？」

「主子……」春素嘆了口氣：「這宣京中未嫁的姑娘，怕是都有這個意思。但奴婢知道身分，七公子如天上之雲，奴婢不敢妄想，只求侍奉主子終老便好了。」

秦芃摸著手中的暖爐，也不糾纏於春素對衛衍的意思，少女懷春是常事，當年秦書淮哪怕是個質子，高門貴女、丫鬟妓子，都像飛蛾撲火一般撲來，只求春風一度。

燕京當年甚至有首歌謠唱秦書淮：

北燕有南郎，方街六十行。

身如修竹立，眼似月流光。

恨不得日思夜想，怨不得春閨惆悵，

願珍珠千斛，十里紅妝，換他春風一度，雲雨一場。

得語喃呢，秦郎秦郎。

那時候秦芃一直覺得這歌謠很有意思，常在秦書淮面前唱。

當年的秦書淮面皮薄，她這麼一唱，他就要紅臉，假作沒聽到，只盯著書看。

最後看不下去了，將她往床上一扛，壓著紅著臉道：「妳再唱，不用珍珠千斛，十里紅妝，我也讓妳喊秦郎。」

秦書淮當年落魄至此，僅憑一張臉就能混得那麼多姑娘懷春，更何況今日的衛衍？有臉有錢有才能，要是春素對衛衍一點想法都沒有，秦芃才覺得不正常。

秦芃又從春素口中打聽衛衍其他事蹟，同自己腦子裡的衛衍結合了一下，這才讓春素敲門入了衛府。

開門的是個下人，見了秦芃，忙叫管家衛純過來。

秦芃很少回來，衛純匆匆從後院趕來，著急道：「大夫人。」

秦芃雖然是所有嫁進衛家裡年紀最小的，但衛煬卻是實打實的嫡長子，因此大家都叫她大夫人。

秦芃點了點頭，同衛純道：「我來找母親。」

衛純聽聞秦芃說話，忍不住向上看了一眼，這位夫人與當年走出衛家上護國寺時明顯不大一樣了，可衛純沒敢多言，點頭道：「老夫人正在臥室修養，您請。」

說著，衛純在前引路，帶著秦芃往裡走。秦芃一進後院，就在牆角看到一排小豆丁，那些孩子最大不過十二歲，個個穿著幹練的胡服，像剛從練武場回來，身上還帶著沙子。

一共五個孩子，探著頭偷偷觀察她，秦芃假裝沒看到他們，同管家到了衛老夫人臥室。

剛到門口，屋裡就傳來濃重的藥味，衛老夫人急促咳嗽著，裡面傳來丫鬟的驚叫聲：「老夫人您吐血了！」

秦芃聞言，大步跨了進去，看見衛老夫人正在床上躺著，朝著盆裡吐血，她轉頭就道：「趕緊去將大夫請來！藥呢？大夫沒有準備應急的藥嗎？」

說著，秦芃將衛老夫人扶起來，靠在自己身上，方便吐血和喘氣。

衛老夫人吐血量沒有很多，過了片刻，她緩了過來，瞧見是秦芃，衛老夫人有些感慨道：「是老大媳婦兒回來了……」

「母親，」秦芃也不同衛老夫人談論衛衍的事了，扶著衛老夫人躺下，抬手用濕帕子替她清理了面上，有些無奈道：「您病重至此，為何不同我說一聲？」

「不是什麼大事……」衛老夫人虛弱道：「妳向來不是個愛惹事的……我還能撐一撐。」

秦芃抿了抿唇，看著衛老夫人的模樣，心裡有些不忍。

衛家如今一堆小孩子，上面就一個衛老夫人，原身又是個不管事的，這位老夫人哪怕病重，除了撐著又能怎樣？

秦芃嘆了口氣，握著衛老夫人的手道：「母親妳好好休息吧，這次我回來了，便不走了。凡事有我呢。」

衛老夫人聞言，恍惚睜開眼睛來，她有些渾濁的眼裡滿是欣慰，瞧著秦芃，感慨道：「長大了……」

秦芃抿了抿唇：「小叔知道這事嗎？」

「沒呢……」衛老夫人搖了搖頭：「我不想讓他操心。不過……妳叫他回來吧。」

衛老夫人眼裡全是了然：「如今十六皇子登基，秦書淮一向強勢，阿衍不回來，妳怎麼辦啊。」

聽到衛老夫人的話，秦芃不知道怎麼的，心裡驟然有些酸楚。

這份酸楚大概是原身留下來的情緒，讓秦芃有些不適應，可想想卻能理解。親媽幫不上，婆婆卻想著她有多難。秦芃眼眶就這麼紅了，旁邊的人都露出了「又來了」的表情。

衛老夫人臉色也是僵了僵，握著秦芃的手道：「莫哭！好不容易有了長大的機會，老大媳婦，莫要再哭了！」

秦芃：「……」

眼淚就這麼被這位老夫人生生憋了回去。

見秦芃不哭，眾人頓時鬆了口氣，秦芃大概知道這衛府是什麼模樣了。她嘆了口氣，同衛老夫人道：「謝母親體諒，我這就去同小叔寫信。」

衛老夫人點點頭，明顯是累了。

秦芃替她理了被子，站起身來，走了幾步，秦芃突然想起那一排小豆丁：「母親，那些孩子，便由我教養一陣子吧？」

這麼多孩子，衛老夫人大概是沒精力帶了。

其實秦銘登基前，秦芃估計也沒什麼事情做，所以秦芃想想，要借衛衍的力，現在能幫就幫。

衛老夫人點點頭，秦芃這才走了出去。

她到隔壁書房，回憶著過去原身的字跡，寫了一封衛老夫人病重的信寄過去。又在末尾將宣京局勢解釋了一番，如此一來，只要衛衍稍微有腦子，就知道這次來宣京是要做什麼了。

如果他不知道，就這腦子……秦芃覺得她還是早點棄暗投明，換一個靠山算了。

信寫完後，走得是最快的管道，飛鴿傳書。

邊境山高水遠，哪怕是飛鴿傳書，也要兩日時間，這一來一往，秦芃本來覺得，等她收到回信，應該是四日後。然而未曾想，隔日，秦芃就收到了衛衍的信件。

秦芃接到信的時候有些詫異，同送信的秋素道：「這樣快？」

「是呢。」秋素有些奇怪：「也不知道這鴿子是怎麼飛，怎麼這麼快？聽收信的人說，以往送到南邊的信，最快也要兩天一夜呢……」

秦芃沒說話，她直覺不對，迅速打開信件。

果不其然就瞧見上面寫了字——母親安心養病，八日後到。

落款時日，竟然是三日前！

三日前秦芃尚在宮中，是宮變第三日，而衛衍已經收了信件，不僅讓他回來，還告知他衛老太君病重的事？

是誰讓他回來的？讓他回來做什麼？

秦芃捏著信件，腦中驟然閃過幾日前春素說的話——「百匯族降了，南方邊境如今安穩下來，七公子如果還握著那麼多兵在邊境待著，朝廷怕是不大開心的。所以七公子應該會回宣京了……」

百匯族降了，宮中幼帝登基，一個只有威脅再無作用的將領……

秦芃閉上眼睛，深吸口氣，轉頭就道：「快給我拿紙筆來！」

秋素拿了紙筆過來，疑惑道：「主子，您這是？」

秦芃沒解釋，提筆同旁邊管家道：「若衛衍回來，留在邊境守關的家將是誰？」

「是衛南。」管家衛純答。秦芃立刻寫明局勢，要衛南備五千兵馬祕密趕往宣京後，同衛純道：「將這封信送到衛南手裡，要快！」

說完，秦芃起身，去了老太君屋中。老太君正在喝藥，見秦芃風風火火進來，笑了笑道：「什麼事讓妳這麼發愁的……」

「母親，衛府可有可用的暗衛？」秦芃開口，不等老太君詢問，便直接道：「小叔怕是要出事了！」

老太君面色驟冷，衛衍如今是衛府的獨苗，誰出事都不能是他，她推開藥碗，硬起聲音：「到底是怎麼回事？」

秦芃將信件一事一五一十說了，老太君聽得有些糊塗：「妳是說有人冒充我們寫信給阿衍？這又怎樣？」

「母親，您想如今是什麼時候？十六皇子尚未登基，我是十六皇子的姊姊，那十六皇子最大的倚仗是誰？」

「是阿衍。」老太君聽得明白：「妳的意思是，是秦書淮想殺阿衍？若阿衍死了，秦書淮剷除了最大的勁敵，而妳和新帝沒了依仗，從此成為傀儡，是這個意思嗎？」

「是。」秦芃點頭道：「如今南邊戰事平定，小叔作為武將已無必要，而恰逢京中局勢混亂，秦書淮的兵駐紮在宣京之中，小叔來宣京，無異於羊入虎口，這樣千載難逢的機會，秦書淮怎會放過？若今日不殺小叔，宣京就再難有秦書淮隻手遮天的局面，日後秦書淮再想殺小叔，那就難了。」

「妳說得極是。」老太君點點頭：「那現下如何？他要殺阿衍，總不至於在京中殺了！」

「京中不行，有悠悠眾口，秦書淮作為靖帝之子，名聲本就不好，如果再明著將小叔殺了，更落人口舌。就怕是在入京的路上。」

「好好，」老太君從枕頭下翻出權杖，同秦芃道：「府裡有府軍五百，妳都領去！救人要緊！」

「現下不急，怕是要等幾日。母親您先歇著，我去部署其他。」

說完後，秦芃同衛老太君又說了幾句，安撫好老人家，拿著權杖出去找衛純。

衛純領著秦芃去見了府軍，衛家的府軍，都是真正上過戰場殺過人的精英，在宣京中可以一擋十的人物，秦芃掃了一圈，頗為滿意，同眾人說了幾句打氣的話後，便回了自己房間。

等回了房間，秦芃腦袋空了下來，她才覺得有些茫然。該做的都做了，但她還是不知道該怎麼辦。

要救衛衍，至少要先知道衛衍是從哪條路來的，入京一共三條路，不知道秦書淮要在哪條路上下手。

如今秦書淮人多，完全不知道秦書淮會布置多少人去殺衛衍，不知道對方的謀劃，她便無法應對。

如今哪怕她有了人，心裡卻是完全沒數的。

秦芃左思右想，總覺得她還得再努力些，最好能打探到秦書淮的計畫才是。

「主子，」秦芃坐在位子上呆呆地想著事情，春素端了水進來，看著秦芃道：「先洗漱吧，莫想了。」

「嗯。」秦芃回了神，從春素手裡接過熱帕，往臉上敷去，同時與春素道：「明個兒去素妝閣添置些頭油香膏，我給妳個單子，妳順著去買。順便再給妳個方子，妳把藥給我抓來，研磨成粉，每晚兌水來給我敷臉。」

「欸？」

春素愣了愣，自家主子向來是不打扮的，別說香膏這種保養的東西，便是胭脂都沒有幾盒。秦芃也知道這要求有些不像原主，但她素來是個愛美的，保養這張臉的心情十分急迫，於是她嘆了口氣道：「春素，我也二十五歲了，老了。」

春素反應過來，明白秦芃這是擔心芳華已逝，笑了笑道：「主子這容貌，哪怕成了老太太，也比那些年輕的小姑娘美得多。」

「嘖嘖，」秦芃由她脫了鞋襪，打去道：「妳這嘴，真是太靈巧了些。」

主僕說鬧著歇下，等第二日，秦芃吃了早飯，也沒想出什麼法子來，便乾脆同春素一起去了素妝閣。

素妝閣是她當年當董婉怡時知道的店，店主擅長保養，和秦芃私下交情極好，貨品深得秦芃的心。秦芃心中不爽時，便到素妝閣挑挑揀揀。

如今秦芃保留了這習慣，到了素妝閣，挑揀了一些貨品後，秦芃驟然聽見一個熟悉的聲音道：「老闆，我要一盒『春雨』。」

這是個清朗的男聲，算不上太獨特，帶著溫和的書生氣，一聽就知道是個性子極好的人。

秦芃驟然回頭，便看見一個俊秀青年站在櫃檯前，他穿著一身黑色勁裝，頭髮用髮帶高束，腰間掛著一把腰刀，還懸著一條紅色繩子，繫著早已泛舊的玉佩和一塊腰牌。

他的打扮和氣質格格不入，明明是個書生模樣的人，偏生作武將打扮，讓旁人忍不住回頭瞧他。

櫃檯賣貨的姑娘明顯是認識他的，笑著打趣道：「陸大人每月都要一盒『春雨』，還是送那個姑娘呢？」

聽得玩笑，那人低下頭，有些不好意思道：「是呢。」

秦芃在一旁靜靜聽著，握著手中的胭脂盒，都忘了放下。

這人叫陸祐，她是認識的。

當年她剛重生到姜漪身上時，曾在戰場上救下一個毛頭小子，便是陸祐。陸祐本是名門出身，但祖父因政事入獄，全家受了牽連，他被貶到邊境來，當了排頭兵，結果第一場仗就差點死了。

作為姜漪的秦芃養了他一個月，然後這少年堅持要為她赴湯蹈火，報答恩情。恰好姜漪剛剛嫁給秦書淮，她謀劃著要在秦書淮身邊安插人手，便同陸祐說了，讓他去找秦書淮。

也不知道陸祐是怎麼做的，反正等再見的時候，陸祐已經是秦書淮的侍衛了。秦芃見他有本事，就給了他錢，讓他想辦法發展自己。

結果陸祐還沒成長為可以讓她用的人，她就死了。

等死後重生成了董婉怡，一來她已經癱瘓了，見不著外男。二來那時陸祐還在吭哧吭哧往上爬，她沒什麼需要用著他的地方，也就沒有聯繫。

可是如今……

秦芃略一思量，在陸祐轉身準備離開時，她突然叫住他：「公子。」

她叫得突兀，所有人都看向她，陸祐面色冰冷，秦芃滿不在意地笑了笑，走上前道：「公子可知道，這素妝閣的胭脂春雨，要搭著唇脂『珊瑚』才好看，既然是送姑娘，不妨送上一套。」

聽到這話，陸祐神色驟冷，眼中帶著幾分探究。

當年她還是姜漪時，便喜歡「春雨」搭「珊瑚」，陸祐總是悄悄來瞧她，每個月一次，準時得像葵水一樣。每次來了，他就買上這麼一套送來，因為知道她喜歡。

怕陸祐不開竅，秦芃繼續道：「還有，朱雀街上玲瓏酒樓裡的蝦餃最招姑娘喜愛，公子不妨帶她多吃幾次，指不定就抱得美人歸了呢？」

和當年的姜漪一模一樣的愛好，如果只說出一個是巧合，連玲瓏酒樓的蝦餃都說出來，就算陸祐再遲鈍，也聽出來秦芃的意思。

她認識姜漪，並且，她在宣告這件事。

陸祐捏著胭脂盒的手微微顫抖，他克制著自己，點頭道：「姑娘有心，是自己也喜歡這些嗎？」

「是呢。」秦芃微微笑開：「近來特別喜歡吃蝦餃，等會兒買完東西，就去那裡吃午飯。」

「好，」陸祐點點頭：「下次，我也帶她去試試。」

說完，陸祐便拱手道：「在下告辭。」

等陸祐走了，旁邊賣胭脂的姑娘笑道：「姑娘好久沒來店裡了吧？」

「嗯？」秦芃抬起頭來。

那女子將春雨打開給秦芃：「我們店裡，已經大半年沒有賣『珊瑚』這盒唇脂了。」

秦芃：「……」

從素妝閣出來，秦芃立刻去了玲瓏酒樓，訂下廂房後，她讓春素去了邊上，在一棵柳樹上刻下房間號。

當年作為姜漪嫁給秦書淮之後，她就是這麼和陸祐聯絡的。陸祐看了柳樹上的房間號，應該就會過來了。

坐在雅間裡，春素看著心情好上許多的秦芃，不解道：「主子您今日怎麼奇奇怪怪的？」

「因為，」秦芃姿態優雅吃著東西：「要見一位用得著的人。」

說話間，窗戶「砰」一聲被人撞開，春素被嚇得「啊」了一聲，就被秦芃一聲：「閉嘴！」止住。

陸祐從窗戶外翻身進來，秦芃放下筷子，同春素道：「出去吧。」

「主子……這……這……」

春素一時拿不定主意，秦芃一個寡婦，同這陌生男子孤男寡女的……

「出去。」秦芃冷眼掃過去，春素咬了咬唇，低頭匆匆走了出去。

房間裡只剩下陸祐和秦芃兩人，陸祐靠在窗邊，雙手抱胸，直接道：「妳和小姐什麼關係？」

「姜漪死了三年了吧？」

聞言，陸祐神色動了動，秦芃笑咪咪看向陸祐，彷彿一隻狐狸似的：「小祐子你就沒想過她？」

聽到這話，陸祐神色大變，他面前的姑娘雖然換了一張臉，但那笑容卻是半分都沒變過。

陸祐張了張口，卻什麼都說不出來，有個不敢想的猜測在他心底盤旋。秦芃垂下眉目，低頭喝茶，而後道：「陸祐，你信借屍還魂嗎？」

如果是其他人，秦芃是不敢說這樣的話的。

但陸祐不一樣。

陸祐對姜漪的忠心，足以讓他相信一切匪夷所思的事情。

秦芃抬起頭來，溫和道：「我雖然死了，卻回來了，陸祐，你信嗎？」

「妳……」陸祐眼中猶疑不定，片刻後，他迅速道：「妳見我說的第一句話是什麼？」

「喲，這人長得真俊。」秦芃有些不好意思。

陸祐眼眶泛紅，接連問了好幾個問題，秦芃都答上來後，陸祐猛地跪倒在地，紅著眼激動道：「小姐！」

「別哭了，」秦芃捧著暖爐，懶洋洋道：「多大的人了，像什麼樣子。」

「是，是……」陸祐知道她一向不喜歡他哭，忙收了神情，想想後道：「小姐如今來找陸祐，是不是遇到了什麼難處？」

秦芃點點頭，將處境迅速說了一遍。

衛衍聽著她的話，神色鄭重，等秦芃說完，陸祐沉思片刻，終於道：「其實，殺衛衍這件事，是我負責的。」

秦芃挑眉，衛衍想著法子道：「如今秦書淮讓人監視著衛衍的動向，大約還有四日，衛衍便會到京。我們會埋伏在衛衍入京的路上，一共四百人，都是一等一的高手，保證衛衍插翅難飛。」

「你們在哪裡動手？」

「鬼哭林。」陸祐從袖子裡拿出一張地圖，將位置點給秦芃看：「衛衍此次回來，趕路趕得十分著急，所以並沒有走官道，一路走小路，他如今的路線入京必然經鬼哭林，那裡人跡罕至，容易埋伏，是動手的絕佳地點。」

秦芃點點頭，她打量著地圖，發現鬼哭林邊上有一條河流，這條河同護城河相連，秦芃指著那條河流道：「你埋伏的位置，離這條河近一些。」

「這不是問題，」陸祐皺著眉頭：「問題在於，這件事由我負責，一旦消息走漏，秦書淮必然懷疑是我。這是其一，其二在於，秦書淮十分機警，他在的話，我有任何異動都會被察覺，此事難成。」

秦芃沒說話，她瞧著桌面，想了想，卻是道：「如果我拖住他呢？我拖住他，同他多接觸，然後展露出消息都是我猜出來的，都是他透露給我的，這樣呢？」

「可。」陸祐點頭。

秦芃放下心來：「那就這樣做，秦書淮那邊有我，我會提前讓人埋伏在鬼哭林，你只要埋伏在靠河邊的位置，不要太拚命就好。」

「小姐放心。」陸祐應下來：「此事我會妥善辦好。」

「嗯。」秦芃笑了笑，抬頭看向陸祐，卻發現了一件事：「你在秦書淮手下這麼久，卻沒對他用尊稱？」

陸祐抿抿唇，神色鄭重，秦芃有些疑惑，為什麼陸祐突然換了一副神色。陸祐似乎思考了一下，終於道：「小姐死後，我去追查了這件事。」

「哦？」

秦芃毫不意外，若是陸祐沒有追查，那才叫有鬼。

然而追查的結果似乎讓陸祐十分不喜，他垂著眼眸，言語中帶著冷意：「是秦書淮的人做的。」

秦芃沒說話，她喝了口茶，全然不在意的模樣。陸祐有些詫異：「小姐知道？」

「猜出來了，」秦芃眼神平靜：「當年他娶我只是為了姜家在北邊的勢力，姜家倒了，還留著我做什麼？」

「可他也……他也不能如此啊！」陸祐憤怒道：「您是他明媒正娶的妻子，他怎麼能如此對您！」

「有什麼不能的？」秦芃聽著陸祐的話，笑出聲來，看著陸祐，眼中溫柔。那溫柔彷彿被時光洗禮過，帶著歷經世事的蒼涼。

「小祐，對於有些人而言，為了權勢，沒什麼是不能犧牲的。」

當年秦書淮愛趙芃嗎？愛過的吧。

秦芃帶著微笑，回想起來，至少在趙芃死的時候，秦書淮死死抱著她痛哭流涕，那時秦書淮的眼淚是真的。

他應該是愛過她的，可是對於這個人來說，愛情和權勢相比，大概不值一提。愛著的人，他仍舊能一面哭泣一面將毒藥送下去，更何況是姜漪、董婉怡這些只有一個名分，面都沒怎麼見過的陌生女人？

她依稀記得，第一次死後成為姜漪時，她還是恨著秦書淮的，總想著要報仇，所以特地將陸祐送過去，安插一批人在他身邊。

可是再死了兩次，重生到現在，她對秦書淮，居然只剩下那麼點回憶和憐憫。

沒有多大的恨，談不上愛，就感覺是個陌生人，她知道他對權勢的渴望，理解他對權勢的追求，從而心生憐憫。

多可憐的人啊，一輩子都搭在這上面了。

沒有太大的恨，也就沒什麼執著，一心只想著逃離齊國，趕緊回家。

雖然北燕對她沒有多好，可是她弟弟，她唯一的親人，還在北燕等著她。

將最後一口茶抿盡，她站起身，將春素叫進來。

「這事兒就這麼定了，」秦芃抬手穿上大氅，同陸祐道：「我如今住在衛家，日後來找我，就到衛家大門前的柳樹留個記號，我們逢五的日子，這個時辰，在這裡見。」

陸祐點點頭，秦芃提步走出去，走到門口，秦芃突然想起來：「你這胭脂是為誰買的？真有喜歡的姑娘了？」

「沒……」陸祐漲紅了臉，慌忙低下頭去。

秦芃沒再多問，出門去，徑直道：「去淮安王府。」

「主子……」春素有些緊張：「您如今是怎麼了？以往見著男子都要躲起來，今個兒見了方才那位公子就算了，還要見淮安王，這……」

「春素，」秦芃靠在馬車上，抱著暖爐，閉眼假寐：「妳知道我為什麼要讓妳換個稱呼叫我嗎？」

春素有些茫然，秦芃慢慢道：「如果要好好活下去，之前的秦芃，是不行的。」

「春素，妳要明白，」秦芃慢慢睜眼：「如今，我已經是長公主了。」

第五章 初次交鋒

一路到了淮安王府，通報過後，秦書淮在書房接見了她。

秦書淮正在批摺子，大概是提前換過衣服，他穿著黑色織金色卷雲紋路邊角的華袍，頭上戴著金冠，看上去規規整整，絲毫沒有在家裡的閒適。

秦芃站在門口，先行禮道：「王爺。」

秦書淮頭都沒抬，半分面子都沒給她，徑直道：「什麼事，說吧。」

秦芃見他不給她面子，也就將那點尊重扔了，沒等秦書淮准允，便踏入房中，跪坐到秦書淮對面，笑著道：「此番前來，是想問問王爺登基大典一事。」

秦書淮頓住筆，抬眼看向秦芃，秦芃含笑端坐著，似乎絲毫沒有察覺方才不請自入的失禮。

秦書淮不給她面子，是因為在秦書淮眼中，秦芃這樣的傀儡不值得給。按照秦書淮的認知，這個人就該躊躇著站在門口同他說話，卻不想這個人直接走了進來，膽子比一般朝臣大得多了。

秦書淮的眼神有些冷，秦芃卻全不在意，彷彿什麼都不知道似的，笑著道：「王爺？」

「登基大典有禮部操辦，妳不必管。」秦書淮收回眼神，回到奏章上：「回去吧。」

「我還是同王爺核對一下細……」

「江春，」秦書淮抬頭叫人進來，直接道：「將公主帶到禮部尚書那裡去。」

說完，秦書淮就埋頭在摺子裡。

秦芃：「……」

再也沒有留下去的理由。

秦芃被江春拖著到禮部尚書那裡問了登基大典的事宜，這事她其實不感興趣，聊了一會兒，扛不住就回去了。

江春回去，同秦書淮報了秦芃的舉動，秦書淮捏筆想了一會兒，便道：「盯著她。」

等第二日，秦芃早早又來秦書淮府前報到，她讓人遞了拜帖，沒多久，門房回來，不好意思道：「公主，王爺說了，您今日來，得先將拜訪事宜列個單子，他先看過，需要商討再見。」

秦芃被這話氣得發懵。

她第一次知道，原來見秦書淮是這麼難辦的事情，以往見秦書淮，從來都是她想不想見，沒有她能不能見的。

好在秦芃調節能力極好，她知道今非昔比，如今秦書淮沒什麼求著她的，她難見一些也沒什麼。

她緩了口氣，拿了紙筆來，這次她想了個更直接的理由，就問問他秦書淮，要不要攝政王這個位子。

這個位子秦書淮必然是要的，不過他大概還在等著衛衍，便沒進宮找李淑，她和李淑也等著秦書淮開口，這是一件大事，她就不信秦書淮不搭理他。

誰曾想，等了半個時辰，門房拿了信回來，上面就四個字——不歸妳管。

秦芃：「……」

她氣得將紙揉成團，砸了出去。

砸完後她也意識到，秦書淮這是對她有了警惕心，她要見秦書淮，沒有非常理由，怕是不行。

可是如今見不著秦書淮，她後面如何和秦書淮撒謊說她是從他口裡套話得出的消息？更重要的是，又如何在秦書淮殺衛衍當日將秦書淮拖在宣京中，給陸祐製造機會？

按照秦書淮那性子，只要他在，陸祐怕是動彈不得，而且到時候救衛衍的難度怕也要加大不少。

想了一會兒，秦芃做了決定，她就守在秦書淮家門口，不一會兒，她瞧見一個大臣來到門口，她連忙跳下馬車，這幾日她把朝廷裡大臣的樣子都記了一遍，當即認出這是大理寺少卿崔慶，趕過去道：「崔大人！」

崔慶微微一愣，片刻後才記起來，這位是宮宴上見過的，如今的長公主秦芃。雖然現在登基大典還沒舉行，冊封的聖旨也還沒下來，但上上下下對秦芃的身分都已經知道了，崔慶連忙行禮道：「殿下。」

「崔大人是來找淮安王的？」秦芃熱絡道，崔慶心中有些驚疑，面前這女人同傳說中那個「溫順軟弱」的秦芃一點都不像，但他按捺下心中疑惑，點頭道：「正是，公主這是……」

「本宮也是來找王爺，」秦芃含笑走在前面：「一塊兒進去吧。」

「呃……」

雖然崔慶心裡有很多疑問，但秦芃是公主，他便沒多說，他提前交過拜貼，門房見他來了，便放他進去，秦芃就跟在他身後，一路混了進去。

門房雖然有些奇怪，這個剛剛被拒絕的人怎麼跟在崔慶後面，但也不敢多問，讓下人引了崔慶過去。

眼見著要到秦書淮的書房，秦芃突然道：「崔大人此番是有公務來同王爺商量？」

「是，不知公主……」

「我就是一些關於登基大典的細節小事，崔大人先同王爺探討吧，等你正事商量完了，我再去找他。去吧。」

秦芃笑著同崔慶擺了擺手，熟門熟路往旁邊一拐，同一旁的侍女道：「我要吃椰子糕，讓廚房備一份過來，要撒桂花的。」

那侍女微微一愣，不明白秦芃怎麼知道府裡廚子擅長做椰子糕，但瞧著那位官員對秦芃畢恭畢敬的模樣，她也不敢怠慢，只能道：「是。」

而崔慶見秦芃毫不見外，侍女同她的對話似乎也是十分熟悉這府中的情況，他心中不由得咯噔了一下，瞧著秦芃如嬌花一般的美麗面容，怕是任何一個男人都無法抵抗這樣的美麗。他聯想到秦書淮控制了整個宣京卻不稱帝，反而輔佐了十六皇子登基，而十六皇子的姊姊正是這位長公主……

不得了！

崔慶頓時覺得自己似乎撞見什麼不得了的事情，連忙想著，等會兒決不能同秦書淮提起這事兒，免得秦書淮尷尬。

秦芃猜中所有人的反應，去了飯廳，將她想念的菜點了一遍，而後坐在飯廳高高興興地吃東西。

她一副同秦書淮極其熟絡的模樣，加上公主的尊貴身分，讓所有下人都對她的身分產生疑惑。

這姑娘……莫不是王爺在外面的……小情人？

看著秦芃的臉，所有人對此肯定了幾分。

而秦芃也知道他們的猜想，便趁著這個機會，瘋狂打聽起秦書淮的行蹤愛好來。她知道這些話最後都會傳到秦書淮口中，她在秦府待得越久，打聽得越多，等最後她告訴秦書淮一切都是她猜測，秦書淮就越容易相信。

而且秦芃也知道，混進這一次，想再混進來，就難了。所以她把握機會，高興吃吃喝喝，多問點東西。

秦書淮的府邸，有兩個人是最讓秦芃滿意的。第一個是廚子，那個廚子是她陪嫁時帶的，做的東西全是她的口味，尤其是椰子糕，好吃得讓秦芃咋舌。第二個是推拿的侍女，也是當年她帶來的人訓練的。

為了一次混到位，吃完飯後，秦芃熟門熟路道：「今夜我就歇在這兒了，書淮同我說王府裡有幾位婢女擅長推拿，找個婢女來幫我推拿一下吧。」

說著，秦芃便站起身來。侍女們此時已經被秦芃徹底忽悠，覺得這個人是秦書淮的小情人，說不定以後還是女主子，直接將秦書淮的後院清了出來，然後給秦芃打了水，讓秦芃去洗澡。秦芃泡了個澡後，推拿的人來了，秦芃趴在床上給那侍女按背，覺得人生最大的舒爽莫於如此。

而這時，秦書淮還在和崔慶商量正事。他完全不知道府裡混進來這麼一號人物，在書房同崔慶商量了關於此次宮變下獄的人的情況到半夜，這才讓人送走崔慶，洗漱過後去飯廳。

他在飯廳用飯時，管家上前道：「王爺，那個……今夜是歇在西廂還是東廂？」

東廂是秦書淮的臥房，西廂是備給後院的女人的，不過秦書淮一直沒有侍妾，之前是給姜漪和董婉怡住著。如今這兩位都死了，那院子裡就沒人住了。管家驟然問這個問題，秦書淮不由得皺起眉頭：「為何如此問？」

管家看著秦書淮一臉茫然的表情，愣了愣道：「王爺不知今日公主過來？」

秦書淮捏著筷子停住動作，面色驟然冷了下來：「什麼公主？」

管家一看秦書淮這個表情就知道壞事，嚇得忙跪了下去，慌忙道：「就是，今日四公主來府中……如今歇在西廂……」

秦書淮沒說話，身上冷氣環繞，但他還是很理智，甚至放下筷子的動作也極輕極緩。

「為何會讓她歇在府中，又不同我說？」

管家匍匐在地，冷汗涔涔。

為什麼？因為大家都以為，她是您的小情人啊！

可為啥大家都以為？這個問題，管家回答不上來了。

秦芃沒說過任何和秦書淮有什麼關係的話，可是憑著那張臉，憑著幾個稱呼，大家就莫名其妙的認定，這是秦書淮的小情人。

仔細想想，這位公主根本沒說什麼。

秦書淮看著管家的樣子，同江春道：「將他和所有同秦芃說話的奴僕帶去問訊，秦芃所有的對話動作一點都不能漏下，口供錄好後去領罰。」

說完，秦書淮站起身來，面色平靜：「點燈，去西廂。」

秦書淮帶著人氣勢洶洶去了西廂，剛到門口，就聽見裡面秦芃吸著氣的聲音：「等等……對，就是那兒……用力點……啊……」

秦芃聲音嬌而軟，說起來她那明顯是疼的，也不該有其他的情緒在，可被她那軟軟的聲音一叫，在場男男女女瞬間就紅了耳根子。只有秦書淮一個人，面色不動，猶如老樹扎根，穩得很。

秦書淮站在門口，給旁邊管家一個眼神，管家立刻上前，敲門道：「殿下，您歇下了嗎？」

「啊……等一下。」秦芃正被按得舒服，聽見管家的聲音，就知道是秦書淮找上門了，她沒什麼擔心的，同丫鬟道：「下去吧。」

而後起了身，開始穿衣服。

等穿好衣服，她懶洋洋朝著外面道：「進來吧。」

外面的人早就等不及了，秦書淮在長廊上站著，雖然他什麼話都沒說，但所有人都覺得瑟瑟發抖。

居然讓一個姑娘這麼不費吹灰之力混了進來，他們的警戒心大概都讓狗吃了。

一堆人心裡又羞又怒，尤其是被矇騙的管家，聽到裡面的聲音，簡直用了十成的力道把門撞開，撞開之後就看見秦芃懶洋洋躺在斜榻上，斜眼瞟了過來。

那一眼看得人心頭癢癢，衝進去的男人們下意識退了一步，明明秦芃穿得很整齊，坐得也……不算出格，卻總讓人覺得這場景有那麼些非禮勿視。秦芃目光落在面色不動的秦書淮臉上，含著笑道：「王爺來啦？來，」秦芃拍了拍旁邊的蒲團，「坐，我們聊聊正事兒。」

「四公主，」秦書淮漠然開口：「妳怕是忘了妳的身分。」

「我的身分？」秦芃笑起來：「沒忘啊。我找王爺，王爺拒而不見，我這也是沒辦法不是嗎？」

秦書淮不說話，看著面前一身素袍都能讓她穿得分外妖嬈的女人，莫名其妙的想起了趙芃。

趙芃也是這樣的，如果不是正經的場合，做起事來就是這麼一副不正經的樣子。明明長得清麗冷漠，卻能用一臉狐狸笑和那股子懶洋洋的味道，硬生生把自己活成了人家口中的狐狸精轉世。

所有人提起來都不屑，內心又暗暗想要靠近。

而趙芃恰恰就是喜歡看別人這副嘴上說著不要，她勾勾手卻又如狂蜂浪蝶一樣撲來的虛偽樣子。

以前她同他說，秦書淮啊，我最見不得的就是人家好。你越正經，我越想瞧你不正經；你越假裝從容，我越想看你不從容。

如今秦芃瞧著他時，那眼神裡是他熟悉的神色，讓他驟然有一種錯覺，彷彿故人魂歸來兮。

可是……

秦書淮按住湧上來的紛亂思緒，告訴自己——怎麼可能呢？

那個人都死了六年了，如果要回來，早該回來了，她那麼喜歡他，那麼心疼他，怎麼忍心看他守著她的屍身痛哭不聞不問，怎麼忍心看他一個人形單影隻那麼多年默不作聲，又怎麼忍心看他如此作踐自己，一步一步變成如今這副模樣。

她死了，死得澈澈底底，如果真的是她回來，一定會首先告訴他，然後問他一句，書淮，你過得好不好？

可是面前這個人一心只想著如何同他爭權奪利，護著那九歲幼帝，這個人，怎麼可能是他的芃芃？

秦書淮亂了的心神慢慢收回來，卻也因著這片刻的猶疑消了最初的惱怒，不打算同秦芃多說，淡道：「公主，鬧夠了就回去吧。」

「這怎麼成？」秦芃笑了笑：「萬一我出去了，王爺又不見我，這可怎麼是好？」

「妳是打算賴著了？」秦書淮面色平靜，沒有半點惱怒。

這倒讓秦芃有些意外，她順著桿子往上爬：「王爺是打算讓我賴著了？」

「拖出去，扔了。」

秦書淮留下這麼一句話，轉身就走。

秦芃愣了愣，兩個五大三粗的婦人已經來到她邊上，一左一右架著她胳膊，秦芃有些慌了，焦急道：「等等，秦書淮，我是公主！你就這麼對我的？放開！妳們給我放開！」

秦芃焦急出聲，一左一右推那兩個婦人。婦人力氣極大，提著秦芃就懸空起來，往大門走去。

春素小跑跟在她們後面，大聲道：「妳們大膽！放下公主！妳們簡直太放肆了……」

片刻後，淮安王府大門打開，秦芃直接被扔了出去，而後王府大門「砰」的一下關上了。春素上前來扶秦芃，一副快要哭出來的模樣道：「主子，您這是做什麼啊！」

秦芃深呼吸，壓著心裡的憤怒。

她本來以為秦書淮會給她幾分面子，沒想到幾年不見，秦書淮脾氣居然越發大了，一個公主，居然真的……說扔就扔！

趕出來就行了，至於扔人嗎？

秦芃一向覺得，人不要臉則無敵，可今日終於知道，在秦書淮這裡，你不要臉，他就能徹底不給你臉。

不過沒事……目的達到了。

秦芃被春素扶起來，反覆念叨：「沒事，我大方著呢，我不生氣，多大點事……」春素被秦芃這神神叨叨的樣子嚇得哭了，秦芃想了想，實在忍不住，一把甩開春素，衝到淮安王府門口，狠狠踹了大門兩腳，怒喝：「秦書淮你個王八蛋！」

吼完了，秦芃的氣總算消了許多，她轉過身，在春素的驚愣中，風風火火道：「回府！」

回了府中，第二日早上，秦芃被衛老太君叫了過去。

衛老太君同她一起用著早膳，不停瞧著秦芃，秦芃實在受不了衛老太君意味深長的眼神，放下碗筷道：「母親，您有什麼事兒便直說吧。」

「就是……我聽說，昨日妳在淮安王府待到晚上？」

秦芃聞言也不奇怪，溫和笑道：「母親是聽誰說的？是從我們自己人得的消息，還是外面？」

「當然是自家人，」衛老太君趕緊道：「妳名聲沒事兒，放心。」

秦芃點點頭，衛老太君忙補充：「不過名聲出事兒也不要緊，我不介意，只要妳開心。大媳婦兒妳守寡這麼多年了，想重新嫁人我是支持的，秦書淮這小子的確是不錯的，妳嫁給他，強強聯合，他也不會想著對付衍兒，我覺得挺好。」

秦芃：「……」

衛老太君的思緒果然清奇，她很想提醒衛老太君，她是她婆家，不是她娘家。秦書淮若真娶了她，就算不介意衛家，也絕對喜歡不起來，更別提為了她不折騰衛衍了。

不過她覺得這話傷人，衛老太君明顯是將她當成閨女的，於是她便解釋道：「母親別亂想，我去淮安王府，是去探聽消息的。」

「探聽消息？」衛老太君愣了愣。

秦芃點頭道：「要救小叔，多一些訊息就多一些機會，母親千萬別聽別人瞎說，我都是為了救小叔做準備。」

「這樣啊……」衛老太君聲音有些失望，秦芃瞧了衛老太君一眼，真的很想搖醒這位老太太，妳失望個什麼勁啊！

吃完早飯後，秦芃又去秦書淮王府蹲點。

這次她進不去了，便躲在馬車裡，盯著淮安王府。

明日就是秦書淮要動手的時間了，她再熬一日，就勝利了。

春素、秋素兩個丫頭澈底不理解秦芃在做什麼，她們只覺得自己的主子瘋了，任命聽著秦芃吩咐，買各種吃的送到馬車上。

秦芃的動作當然全都收入了秦書淮的眼底，打從秦芃出現在淮安王府，秦書淮的探子就來報了。

「王爺，四公主又來了。」

「王爺，四公主還沒走。」

「王爺，四公主仍在堅持……」

秦書淮處理完正經事，終於有時間理會秦芃，他將昨日下人的口供拿過來，一一看著。

「她對王府很熟悉，」秦書淮面色平靜，看著下人的口供道：「她一直在打聽我的行蹤。」

江春站在一旁聽著，有些心不在焉，秦書淮看了口供，抬起頭來。

「江春。」

「卑職在。」

「你覺得，四公主現在這麼纏著我，是想做什麼？」

「卑職覺得有兩個可能，其一，四公主正在醞釀陰謀！」

「說了等同沒說。」

「其二！」江春抬起頭來：「卑職覺得，四公主可能在追求您！」

秦書淮翻著口供的手微微一頓，片刻後，他直接把手裡的口供砸在江春的臉上。

「少讀話本。」

秦芃再堅持了一日，終於熬到了衛衍入京的日子。

她大清早去蹲守秦書淮，這一次她帶了許多人，分開蹲在淮安王府大門前，天色漸晚，王府後門出來一架看上去極為簡樸的馬車，然而那馬車後又跟了好幾輛馬車，明顯不是一人出行。

秦芃聽到侍衛報的消息，笑了笑便讓馬車堵在王府後門連通的小巷口，幾輛馬車被秦芃的馬車堵住，前方車夫恭敬道：「不知前面的主人可否讓一讓，我等有要事，勞駕。」

「公子說話很客氣，應該是出身還不錯的人，」秦芃坐在馬車裡，含笑捲起簾子，看向對面說話的人，被秦芃一眼掃過去，對方頓時警惕，秦芃將目光落到對方腰刀上，瞇了瞇眼：「一等侍衛卻只是一個車夫，不知馬車裡坐的是何人？」

聽了秦芃的話，對面的侍衛坦坦蕩蕩笑起來：「四公主今日是來找事的？」

「非也非也，」秦芃抱著暖爐搖頭：「我就是想來請王爺吃頓飯而已。」

說著，秦芃看向馬車車簾，彷彿能看到車簾後那個一直默不作聲的男人。深情款款道：「不知王爺可否賞臉？」

「不賞。」秦書淮果斷開口，一點臉都沒留給秦芃，直接道：「讓開。」

秦芃對這個回答不意外，她笑咪咪看著裡面的人，溫和道：「我讓開可以，但不知王爺想不想知道長孫皇后臨去前，到底說了什麼？」

秦芃話出口，氣氛驟冷。

長孫皇后是秦書淮的生母，當年靖帝昏庸，在秦書淮去了北燕後第三年，因不喜長孫皇后，滅了長孫家三族之後，下令將她縊死。死後拋屍荒野，連屍體都不知去了哪裡。這是秦書淮心裡一道結，對於尋找生母屍體、探索其死亡原因，是秦書淮人生至關重要的一件事。

秦芃知道，所以她也清楚，這個人必然會為此留步。

過了許久，秦書淮撩起車簾，他端坐在馬車中，神色冷漠：「妳想怎樣？」

「我？」秦芃笑了笑：「我說了，就想同王爺吃頓飯而已。」

「好。」秦書淮放下車簾，同侍衛道：「回去。」

「王爺……」侍衛有些為難，裡面的人沒有任何回應，侍衛抿了抿唇，終於還是聽了秦書淮的話，調頭回了王府。

秦芃和秦書淮兩人打正門而入，秦芃跟在秦書淮身後。秦書淮走得很快，秦芃走路跟蛇一樣的，又慢又妖嬈，秦書淮走了幾步後有些忍不住，回頭皺眉：「走快些。」

「嗯？」秦芃愣了愣，隨後嗤笑出聲。

她驟然想起，當年同秦書淮出門，秦書淮也是這樣的，站在她前面，回頭皺眉，只是當年他說的是——別扭了。

如今不是自己妻子，話都不一樣了，從別扭變成走快些，語調冰冷許多。

秦芃有些感慨，跟著秦書淮來了會客的地方，兩人坐下來後，秦書淮直接道：「此刻用膳？」

「不急，」秦芃抬眼看向秦書淮，笑著道：「咱們先對弈一局吧。」

「好。」

秦書淮也不催促，讓人上了棋盒。同時又讓人準備晚膳。

春素跪坐在一旁給兩人煮茶，兩人猜子過後，秦芃拿著黑棋先行。

開局秦芃開得穩，兩人不緊不慢地落著棋。

多年不見，秦書淮下棋的風格大變，以前他的棋風帶著君子的溫和，如今的棋風又狠又穩，壓得人有些喘不過氣來。

秦芃突然很好奇，這麼多年，秦書淮到底經歷了什麼，才變成了今日的樣子。

她偷偷看對方。

秦書淮是長得極其好看的，如今比及少年，更加清瘦，稜角也更加分明。

他少年時只是因為不善交際而看似冷漠，但一雙眼清澈溫和，尤其是看著她笑起來的時候，眼底彷彿三月春光落在湖面，水波蕩漾，光點斑駁。

而如今他卻帶著發自內心拒人千里之外的高冷，一雙眼看過來的時候，根本感覺不到半分暖意，似凜冽寒冬，高山冷雪。

少年的柔軟不知被他塵封還是摧毀，他一個人如一把孤劍，一棵松柏，孤零零行走在這世間，卻沒有半分埋怨。

秦芃看著他出了神，秦書淮抬起眼來，提醒她：「落子。」

秦芃收回神，嘴角噙著笑，抬手落下棋子，放柔了聲音，也不知帶著什麼心情，戲謔般道：「聽聞王爺娶了三位妻子，倒不知道哪一位最受王爺喜歡？」

秦書淮沒有說話，他盯著棋盤，他這樣正經拘謹的模樣，倒讓秦芃有了興致，追問道：「王爺，嗯？」

「我沒有三任妻子。」秦書淮終於開口，說出讓秦芃意想不到的答案。

秦芃愣了愣後，隨即笑出聲來：「王爺說笑，王爺明媒正娶了三位妻子，北燕公主趙芃、姜將軍姜漪、丞相嫡女董婉怡，這事兒天下皆知，王爺莫要欺我婦道人家。」

「我曾以為妳是個軟弱溫順之人，」秦書淮面色不改，突然轉了話題，秦芃含笑不語，等著秦書淮繼續說，秦書淮抬眼看她：「如今才知道，原來公主足智多謀。」

「哦？」

「戌時了。」秦書淮落了棋子，秦芃跟著落下，秦書淮頭也不抬，卻是問：「公主覺得，衛衍回得來嗎？」

秦芃面色不動，眼神冷下來。

聽秦書淮的話，秦芃便明白，秦書淮如今陪著她下棋，是先知道了她的意圖，他不僅僅是在陪她下棋，還是同她一起等著。

秦書淮知道她的意圖，自然會有所防備，她心裡不由得有些慌，但面上仍舊一派雲淡風輕，沒有絲毫膽怯。

「小叔回京探望家人，為何會回不來？」秦芃假作聽不懂秦書淮的話。

秦書淮落下子來，不知道什麼時候布的局，在落子的瞬間，局面大變，看似沒有關聯的棋子一片一片連起來，秦書淮喝了口茶，面色平穩：「還同我裝傻？我只是很好奇，妳是怎麼知道我要在今日去攔截衛衍的？」

秦書淮這話說得太清楚，秦芃看著棋盤，面色沉靜。

秦書淮不由得高看了面前這個女人幾分，被逼到這樣的境地，卻還是一副從容的模樣，無論才智如何，至少這份心性比太多人強。

他抱著茶，等著秦芃的回答。秦芃沉默了很久，終於道：「我也很好奇，王爺是怎麼知道我知道你攔截衛衍一事的？」

「我先問的問題。」

秦芃笑了笑，將棋子往棋盒裡一扔，用手撐著下巴，像狐狸般仰頭瞧著他，笑咪咪道：「王爺，你對衛衍下手，這才是應該的，你若不下手，就奇怪了。」

「嗯。」秦書淮點頭，他對衛衍的殺意顯而易見：「繼續。」

「五日前，我收到小叔來信，說他八日後到，還提及了婆婆病重一事，我從日子推算便知道，是王爺在宮變當日就送了信，誘他回京。如此時局，王爺讓他回京，這意圖太明顯了。」

「於是我清點了人馬，想要去救小叔，可是我並不清楚他回來的路，也不知道王爺人手多少，什麼時候動手，所以我特意來盯著王爺。」

「妳探聽清楚王府多少個房間，問了侍女洗多少件衣服，搞清楚我的作息以及王府每道門進出往來是什麼人。」秦書淮點頭表示明白：「是為了推算我有多少府兵，府兵從什麼地方出入。妳為何猜測我會用府兵而不是軍隊？」

「因為軍隊動靜太大，而且難保裡面沒有衛家的人。畢竟，衛家在軍中關係盤根錯節，衛家是齊國許多將士的信仰。你殺衛衍的事如果傳出來，對你影響太大。而衛衍被你誤導匆忙上路，不可能帶太多人，府兵，足以。」

「而我日日守著你，纏著你，也就清楚瞭解你的一舉一動，有任何異樣，都會讓我察覺。」

「所以，」秦書淮抬眼看她：「妳發現我今日要動手，然後讓人準備好在官道上等著了？」

「王爺說得太麻煩，」秦芃歪著頭：「我何必每一條官道都埋伏？我跟著王爺的人，不就好了？」

「王爺的人做得很精細，」秦芃低頭喝茶：「化妝成小廝坐在馬車裡出入，根本看不出來派了多少人出去。可是王爺，我日日盯著你家門口，今日你家買蔬菜瓜果絲綢等東西，拉了二十馬車。我問過你們平日用度，你府中七日前才大量採購了一批，我就想知道，您吃得完用得完嗎？」

秦書淮沒說話，聽著秦芃的話，思索著自己屬下平時的做事風格，秦芃看著秦書淮吃癟的樣子很是開心，笑著起身：「走，吃飯去。」

秦書淮跟在秦芃身後，走出房間，朝著飯廳行去，他一路都在思索，秦芃瞧了他一眼，含著笑道：「我說了我的法子，王爺可以告訴我，您怎麼看出我不對勁了吧？」

「妳為衛煬守寡十年，必然深愛他。」

秦芃頓住腳步，有些疑惑，不大明白秦書淮的意思。

秦書淮嫌棄地看了她一眼，繼續道：「而妳近日來的行徑，很像妳愛上了我。」

秦芃：「……」

「最重要的是，」秦書淮的語調不知道怎麼的，帶著點溫柔：「以前也有一個人想騙我，說辭和妳幾乎一致。」

「被騙過一次，就不會被騙第二次了。」

秦芃：「……」

第六章　鎮國長公主

秦書淮一提醒，秦芃就想起來了。

那個用一樣說辭騙秦書淮的是誰……就是她自己！

當年她剛認識秦書淮時，秦書淮總是避著她。可她這個人向來是，你要往東，我偏偏要往西，你不見我，那我一定要逼著你見我。

於是她總去圍堵秦書淮，秦書淮那時候幾乎是見著她馬上掉頭，嫌棄的神色恨得她牙癢得不行。

她十三歲生日那天，她是一個人過的，在宮裡被皇后罵了，她心裡鬱結，一個人悄悄跑到秦書淮窗前，他在讀書，她就蹲在門口小聲喊：「秦書淮！秦書淮你給我出來！」

小少年穿著水藍色外袍，著了純白內衫打底，頭頂的髮髻束了水藍色的髮帶，落在剩下半披著的頭髮上，看上去俊秀又雅致。

他明明聽見了她說話，卻假作什麼都不知道，端端正正坐著讀書，一言不發。

她心裡來了氣，知道他在意他母親，就朝著他喊：「秦書淮，你想不想知道長孫皇后怎麼死的！我知道！」

秦書淮聞言，捏緊書卷，終於抬起頭來：「妳說的可是真的？」

「當真當真，」秦芃朝他招手：「你趕緊出來，我告訴你。」

秦書淮抿了抿唇，終究還是出來了。那時他特別好騙，她說她知道，他就信，被她逼著陪她吃喝玩樂了一日，兩個人一起爬山，她拖著他，落到一個獵人抓捕野獸的洞裡，兩個人躲在洞裡等人來救，晚上特別冷，她就靠著秦書淮，小聲同他說：「我好冷。」

秦書淮沒說話，好久後，他伸手將她抱在懷裡。

他的袖擺很大，不是上等布料，但被他抱進懷裡時，她覺得，那布料真好，真溫暖。

那時秦書淮的個頭還沒有如今高，但他抱著她的時候，她莫名覺得特別安心。

於是她忍不住哭了。

秦書淮有些疑惑：「妳哭什麼？」

她將在宮裡受的委屈一股腦說出來，秦書淮靜靜聽著，沒說什麼，等她說完了，他安慰她：「會過去的。」

「我一直相信，只要我們不斷的努力，往前，總有一日，所有苦難和屈辱，都會過去。」

她聽著他的話，在他懷裡仰頭，用哭成花貓的小臉巴巴地看著他。

「秦書淮，我更難過了。」

「妳又怎麼了？」

「我一想到你要是知道我是騙你的，就不會對我這麼好，我便更難過了。」

秦書淮：「……」

看見秦書淮沒說話，她乾脆「哇」一下哭出來，秦書淮有些無奈，嘆了口氣道：「別哭了，就算妳騙我，我也對妳好，行不行？」

秦芃當年做這些蠢事，她覺得是情趣，卻不曾想，原來自己騙秦書淮如此沒有新意，從過去到現在，一直堅持不懈用同一個謊言。

更重要的是，秦書淮居然一直記得，可見這件事，當年還是對秦書淮造成了傷害。

秦芃嘆了口氣，跟上秦書淮，有些認命了。

兩人各有各的打算，進了飯廳。

秦書淮坐在主桌，他的桌子很大，一般這樣的桌子是夫妻兩個人共用，而此刻秦書淮一個人坐在一邊，另一邊彷彿還留著一個人。

秦芃坐在旁邊一張桌子，她打量了秦書淮一眼，發現他旁邊的位子不但空著，還放著一副空碗筷，彷彿有誰坐在他旁邊。

兩人一起用膳，秦書淮吃得很安靜，秦芃則吃得津津有味，雖然沒有發出任何聲音，但是一看見她的神色，總覺得伴隨著各種聲音，讓畫面極其生動。

一頓飯吃完，秦書淮坐在主位上，抬頭看著秦芃：「不知今日過後，公主有什麼打算？」

「您說的打算，是指什麼？」

「如果衛衍回不來，公主打算如何？」

「回不來，」秦芃端著暖茶挑眉看向秦書淮：「您倒是很有信心啊。」

「衛家府軍有多少，我是知道的。」秦書淮面色平靜：「實力如何，我也清楚。我認為衛衍這一次，凶多吉少。」

「那您打算怎麼樣？」秦芃含笑垂眸，春素站在她身後，忍不住有些緊張。

秦書淮看著面前的盤子被撤乾淨，聲音帶著上位者的壓迫：「人死了，妳就乖一些。」

說著，秦書淮從旁人手中接過漱口用的水。他用袖子遮擋著漱了口，而後道：「可以活得長一點。」

秦芃含笑不說話，這時江春帶著人匆匆進來，他身上帶著血跡，神色凝重。秦書淮看見江春的神色忍不住皺眉，果不其然，江春進了屋中，直接跪了下來：「王爺……」

說著，他看了秦芃一眼，秦芃抱著暖爐，眼中含著笑意，那上挑的眼狐狸似的，似笑非笑，彷彿早就知道他要說什麼。

「不必介意，」秦芃柔柔開口：「你不就是想說，衛衍跑了嗎？」

江春面色冷下來，秦芃往春素身子上懶洋洋一靠，含笑看著秦書淮：「我知道呢。」

江春沒敢說話，他低下頭，跪在地上，一言不發。

秦書淮喝了口茶，面色平靜：「真跑了？」

「跑……了……」

「怎麼跑的？」

「對方……人太多。」江春有些難以啟齒：「我沒能迅速殺了衛衍，等衛衍反應過來後，他過於強悍，一個人被我們上百人追殺，仍舊衝到了江邊，跳入江中，如今我們的人還在尋他。」

秦芃聽著，心裡也是咯噔一下。

她沒想到秦書淮會提前動手，按照秦書淮的性子，如果覺得出了漏子，會第一時間把管事的人換了，所以一開始她是有些不安的。未曾想過，這位小叔子居然如此凶殘，一個人對一百多人都跑了。

她面色不動，聽對方彙報完，便站起身來，伸了個懶腰，彷彿累了一般，同秦書淮道：「王爺，既然事情辦好了，我便先走了。人您慢慢找，看誰先找到吧。」

說著，她往外走去，走了幾步，她彷彿突然想起來一般道：「哦，王爺，我忘了同您說，五日前我就給了南方衛家軍信，讓衛家軍派兵往宣京過來。我還同他們說，我們衛家有任何一個人死了，那一定是王爺您幹的。守了國家這麼多年，卻連自己的親人都保不住，您覺得還有什麼意思，是吧？」

聽了這話，秦書淮臉色變得極為難看，秦芃卻是心情很好，笑出聲來，同春素道：

「走，我們回去。」

秦書淮看著那人妖嬈如狐媚的背影踏著月色離開，許久後，他垂了垂眼眸，沒有說話。

真的像。

連那得意忘形的樣子，都一模一樣。

秦芃一出王府，立刻上了馬車道：「趕緊讓人順著護城河找！」

想了想，秦芃探出頭去，直接道：「給我一隊人馬，我親自去！」

「唉？」春素呆了呆，連忙勸道：「主子，您可不能……」

「別說了，」秦芃轉頭同駕馬的管家衛純道：「事不宜遲，我們趕緊去救小叔。」

衛純點點頭，這幾日下來，他對這位「大夫人」已經是言聽計從，他駕馬回了衛府，聯繫了人，而後便帶著整個衛府的人出去。秦芃也跟著去，一行人沿著河邊搜尋。

此時天漸漸亮起來，秦芃帶著下人搜尋一夜尋不到後，她不由得有些心慌。眼見著日頭升起來，她覺得有些發睏，同旁邊人道：「你們繼續找著，我去睡一覺，有了消息立刻通知我。」

衛純點頭，秦芃打著哈欠上了馬車，靠在春素身上，搖搖晃晃進了城。

她睏得不行，秋素給她備好水，秦芃讓人下去，自己一個人在浴池裡洗漱。洗著洗著，她隱約聽到一聲東西落地的聲音。

秦芃立刻警覺起來，北燕盛行習武，作為齊國的姜漪時她又是位武將，哪怕秦芃這個身體沒什麼底子，但意識仍舊是在的。

秦芃假作不知外面來了人，從容起身，穿上袍子，隔著屏風將她讓人備在浴桶旁的短劍抽了出來。

當北燕公主那些年，刺殺無數，她向來警惕心重，成為秦芃後，她立刻讓人按照當年的經驗布置了房間。這房間裡到處是武器，處處藏著毒藥，她穿好衣服，將短劍藏在袖中，倒也沒什麼害怕。

她不打算打草驚蛇，那人既然來了，她只要出聲，對方便會立刻出手。於是她假裝一無所知，走到離門最近的地方打算喝水，然而對方似乎知道她的企圖，在她往門邊走的時候，猛地從垂著床簾的床上探出一條長綾拽到秦芃腰上，將秦芃猛地拉到床上！

秦芃瞬間抽出短劍，而那人也同時將手捂在秦芃嘴上，用身子壓著秦芃，另一隻手握住秦芃纖細的手腕。

這時秦芃終於看清對面的人了，他長得極其英俊，全身濕漉漉的，沾染著水草和泥土，似乎剛從水中爬上來。

他有一雙帶笑的眼，看著秦芃時，哪怕明明沒有什麼意思，卻彷彿含著春色。秦芃的劍就壓在他脖頸上，只要她稍稍用力，就能切入皮肉。

他們保持著這個姿勢僵持著，男人說話的氣息噴吐在她臉上，小聲道：「多年未見，竟不知嫂子身手好了這樣多。」

秦芃沒說話，她看著面前這個男人，知道是衛衍。

她找了一夜的人，如今不知道怎麼做到的，就在她床上等著她！

秦芃沒有著急表明立場，因為她直覺此刻的衛衍不太對勁，對方認真打量著她，彷彿要將她每一寸都看透一般，他靠近她，含著笑道：「嫂嫂認出我了？」

說著，衛衍慢慢放手，秦芃也收了刀，她終於能說話了，尷尬地轉過臉去，同衛衍道：「你起來。」

衛衍嗤笑出聲，直起身來，卻一直握著她拿刀的手腕，似笑非笑道：「嫂嫂能否和我解釋一下這身手怎麼回事？我可不記得我那大嫂學過武。」

「私下學的，也要讓你知道嗎？」秦芃冷笑出聲：「放手！」

「好，武藝我們不提。那嫂嫂不如和我說說，是怎麼從一個跪著哭著要守寡的女人，一下子變得如此聰慧機警的？」

秦芃聽著他的話，明白了他的意思，她氣笑了：「我解釋不了，你不如幫我解釋解釋？」

衛衍沒說話，竟然徑直動了手！秦芃察覺他的動作，手腕一翻，短劍在她手上打了個轉。對方彎腰躲過後，抬手截住她的短刀，往她手腕上一敲，劇痛驟然傳來，刀就落到了他手裡，他毫不留情將秦芃的手往後一折，按在床上便道：「如妳這樣武功不濟的探子，我還真是第一次見。」

說話間，衛衍已經去撕秦芃的臉。結果摸到一片光滑，衛衍愣了愣。

秦芃看著他的動作，已經氣冷靜了。衛衍不敢置信再摸了兩把，秦芃悶聲道：「別摸了，真臉。」

「你們下夠血本的啊！」

衛衍反應過來，隨後就去拉秦芃的衣服。

秦芃炸毛了：「你做什麼！」

衛衍冷笑出聲，見秦芃遮掩，更加確定，一把拉下秦芃的衣服，笑著道：「妳大概不知道，四公主身上有……」

話沒說完，衛衍就冷了，女子肩頭一朵梅花妖豔欲滴，合著圓潤白皙的肩膀，看得人血脈賁張。

秦芃羞憤不已，回身一巴掌就抽了過去，衛衍被她打得反應過來了，嚇得從床上滾了下去，在地上驚得話都說不出來，結巴道：「嫂……嫂……嫂子！」

「王八蛋！」秦芃將床上的瓷枕扔了過去。

衛衍嚇得抱頭趕緊跪著，忙道：「嫂子，是我錯了，是我魯莽……」

瓷枕砸碎的聲音驚了外面的人，秋素連忙道：「主子？」

「沒事兒！」秦芃壓著嗓子裡的哭腔，同外面的人道：「別進來，我心煩！」

「哦……」

外面的婢女有些無奈，覺得主子的脾氣真是越來越暴躁了。

而秦芃坐在床上，整個人真是氣不打一處來。

她活了這麼多年，從來都是她調戲人家，被人這麼欺負，還是頭一次。尤其是這人還是她費盡心機幫著的，她更是覺得委屈極了。

她坐在床上喘著氣，緩著神，衛衍小心翼翼抬頭，見秦芃還是衣衫不整，小聲道：「嫂子，衣服……」

秦芃一聽他說話，氣得將邊上的杯子抽過去就砸！

她現在不敢驚動外面的人，自己和小叔子在床上衣衫不整的，被誰看到都說不清楚。可是這個虧真是吃得太悶。她想抽死面前這個人吧，馬上又要靠著這個人。

她越想越氣，紅著眼眶就要哭出來，衛衍悄悄打量著她，瞧見秦芃哭他立刻慌了，忙道：「嫂子莫氣，有事朝我來，是我的錯。我回來就被追殺，疑心重了些，又看見嫂子和以往差異太大，我平日見多了探子，所以……」

「別說了。」秦芃深吸口氣，閉上眼睛，決定把這個虧吃了。

她拉上衣服，緩了好久，終於睜眼道：「說說吧，怎麼跑回來的？」

看秦芃情緒緩過來，衛衍終於鬆了口氣。

他向來最怕女人哭，而這位嫂子又是哭得最凶的。眼淚不要錢一樣，說掉就掉。他本就覺得自家虧欠秦芃許多，如今還遇上這事，秦芃捅死他，他也覺得是該的。

他小心地瞧著秦芃，秦芃見他一直不說話，冷聲道：「怎麼不說話？」

「那個，嫂子……」衛衍小心翼翼陪著笑：「我……能站著說話嗎？」給點尊嚴啊。

秦芃聞言，這才發現原來剛才衛衍一直跪著抱著頭任她砸。

她也不知道怎麼的，覺得有些好笑，方才的氣突然就沒了。

她嘴角的笑意壓都壓不住，面上卻還裝著正經：「小叔不想跪，那就不跪吧。反正小叔也沒做錯什麼……」

「別！」衛衍一聽頭就大了，痛苦抬手：「我跪著說話，咱們好好說，別擠兌我。」

衛衍跪著把話說完了。

過程如秦芃的猜想一致，他在宮變第二日就接到了家中來信，說衛老太君病重以及秦銘登基一事，但並沒有提及秦書淮帶著兵圍了皇城，按照他的話是——

「如果我知道他帶著五千兵馬在皇城裡待著，打死我都不來！我又不是傻……」

秦芃閉著眼，如今秦書淮大概是不敢動的。但是他的兵一日不離開宣京，那衛衍就一直不能露面，說不定會有什麼危險。

想了想，秦芃道：「你就先藏在這屋裡別露面，躲著吧。」

按照秦書淮的本事，衛府大概也有秦書淮的暗樁，如今既然要藏衛衍，自然是要藏個澈底。衛衍有些不好意思，低頭道：「要不我去奶奶房間……」

「她老人家病著，」秦芃斜眼瞟了他一眼，淡道：「進來了就別亂跑，就這樣吧，我讓人打水來給你洗澡。」

「行。」衛衍點點頭。

秦芃起身去，見他還跪著，挑眉道：「還跪著做什麼？趕緊躲起來！」

「好嘞！」衛衍立刻挑起來，往隔間裡一躲，藏了進去。

秦芃讓春素、秋素打了水來，兩人有些疑惑道：「主子不是剛洗過澡嗎？」

「妳們什麼時候這麼多話的？」

秦芃語調淡淡的，兩人卻覺得有一種無形的壓迫感壓了下來，忙出去打水。打完水後，秦芃從衣櫃裡將衛煬的衣服拿出來扔給衛衍，衛衍去洗了個澡，穿著衣服出來後，他擦著頭髮道：「這麼多年了，嫂子還留著大哥的衣服啊？」

「嗯。」秦芃應了聲。燭火下，秦芃的面容秀麗，膚色白皙，那平淡的模樣，讓衛衍心中驟然一緊。

他忽地想起來，這個女人已經守著那個牌位，守了十年了。

他心裡說不上是什麼情緒，有些羨慕衛煬，又有些憐憫這個女人。想了半天，他嘆了口氣，同秦芃道：「嫂子，其實，大哥已經死了很多年了。我們衛家也不是什麼古板人家……」

「朝中先帝的支持者是誰？」

秦芃打斷他的話，衛衍未曾想秦芃張口就問這麼冷冰冰的問題，恍了會兒神，才反應過來：「妳是想問誰能逼著秦書淮？」

「嗯。」秦芃點點頭：「他的兵一直在宣京始終太過危險，要早些離開才是。」

衛衍表示贊同，想了想後，說出一個名字：「張瑛。」

「張瑛？」

「對，」衛衍點頭道：「文淵閣大學士，清流領袖。他之前也是官宦子弟，父親任御史中丞，因直言不諱，為靖帝當庭斬殺。所以他對靖帝一脈一直恨之入骨。為人頗有才能，在民間聲望很高，先帝很看重他，多次任科舉主審官，門生遍布朝野。」

「我明瞭了。」秦芃起身，指了櫃子，同衛衍道：「裡面有個被子，裡間有個小榻，明日我去找張瑛。」

「等等……」衛衍猶豫道：「妳還是別去。」

「嗯？」秦芃有些疑惑，眨了眨眼。

衛衍道：「他……不大看得起女人。」

聽了這話，秦芃呆滯片刻，隨後明白衛衍的意思，嗤笑出聲來：「這老不朽的。」

說完後，她沉默下來，對這種天生輕視女子的，她好像真的沒多大辦法。

第二日清晨，秦芃起身，她決定，雖然不能找張瑛，但張瑛的學生應該還是可以的，她在心裡列了份名單，打算去找那些人說了說，再通過那些人說服張瑛。

結果剛洗漱完，宮裡就傳來了消息，說是李淑讓她進宮去。

這位便宜娘親從來是無事不登三寶殿，秦芃正在用早飯，點了點頭道：「那去吧。」

秦芃便進了宮中。

剛到宮裡，李淑便著急迎了上來，握著秦芃的手道：「芃芃，秦書淮今日要來，這可怎麼辦？」

「他來他的，您怕什麼？」秦芃面色不動，坐到一旁，侍女給她斟了茶，李淑一看秦芃的模樣就焦急起來，跳腳道：「妳怎麼這麼不懂事？秦書淮來能有好事嗎？妳說他是不是要殺了我……」

「您想太多了，」秦芃抬起茶杯，想了想，覺得秦書淮如今來找李淑，必然是為了攝政王一事。她抿了口茶，抬眼道：「上次我同您說，讓您冊封我為鎮國長公主一事，您可還記得？」

李淑呆了呆，這才想起來，點頭道：「記得。」

「那便夠了。」秦芃點點頭：「記得就好，他此番前來必然是為了這件事，您也別慌，來便來了，沒什麼好怕的。您就按照我說的做，實在不行，不說話就夠了。」

說話間，秦書淮已經來了，太監進來通報，秦芃抬手道：「讓他進來吧。」

說著，秦芃抬手指了上座：「母親坐吧。」

兩人坐定後，秦書淮走了進來。今日他依舊是一身黑色華袍，衣角上繡了振翅欲飛的仙鶴，外面披著白色狐皮大衣，讓他帶著幾分仙氣。

他進來後朝著兩人行禮，秦芃也很給面子的回了禮。而後李淑便戰戰兢兢招呼著秦書淮坐下，秦書淮坐定後，抬頭看了秦芃一眼，卻是同李淑道：「臣今日來，是同太后商量陛下登基後的事宜，公主在此怕是不太合適。」

「無妨的，」秦芃笑咪咪道：「有些主意，母親怕是不習慣做主，要我陪著。都是自家人，王爺不必如此隔閡。」

秦書淮明白秦芃的意思，秦芃這話擺明了這裡做主的人是她，他執意要她走，怕是談不出什麼。

於是秦書淮點點頭直接道：「陛下如今年幼，怕是需要幾位輔政之人，不知娘娘心中可有人選？」

聽了這話，李淑和秦芃對視一眼，秦芃不著痕跡轉過眼去，李淑僵著臉道：「這事，不知淮安王是什麼想法？」

「臣想著，皇子年幼，輔政一事，還需親近之人，才能盡心盡力輔佐陛下。」

親近之人？那就是親戚。

秦芃在旁邊聽著，不出聲敲著扶手，身體不自由自主偏了過去，稍稍依靠在扶手上。

秦書淮說著話，忍不住斜眼瞧了一眼，這樣的小動作，秦書淮只在趙芃身上見過，驟然見到秦芃也是這個樣子，他的思緒不由得停頓了一下。

而旁邊李淑聽了秦書淮的話，點頭道：「王爺說的是，是該找個近親之人輔佐才好。」

秦書淮收回思緒，將目光拉回李淑身上，繼續道：「既然是輔政，自然是要有能力的，最好是熟知朝堂之事，在朝堂有一定地位，壓得住朝臣，做得了實事的，這樣才好。」

近親有能力有地位，就是秦書淮。

秦芃聽著秦書淮的話，嘴角帶著笑意，覺得多年不見，秦書淮的臉更大更厚了。

李淑雖然傻，但也在宮中沉浸多年，聽了秦書淮的話，明白了秦書淮的意思，她將目光落到秦芃身上，求助道：「芃兒妳看……」

「王爺說得極有道理，」秦芃笑著接了話，溫溫柔柔道：「那王爺覺得，誰比較合適呢？我和母親並不熟悉朝上的大臣，王爺不如舉薦幾個？」

秦書淮不說話了，他抬眼看了秦芃一眼，目光平靜道：「臣斗膽，敢問公主覺得，本王如何？」

秦芃：「……」

居然都不客套一下，這麼直接的？

她本以為，秦書淮還要推諉一下，和她繞繞彎子。沒想到他這麼單刀直入，秦芃也就不客氣了。

她直接道：「王爺自然是絕佳人選，但既然是輔政，便不能一家獨大，朝中有王爺打理，但也該有人平衡監督，王爺說可是？」

「公主是放心不下本王？」

「對。」秦芃笑咪咪開口，沒有退讓一步，既然秦書淮直接開口要這個位子，她也沒什麼好遮掩的，直接道：「王爺放在我這個位置想想看，能放心嗎？」

說著，秦芃靠到椅背上，打量著他道：「王爺身為靖帝獨子，正兒八經天家血脈，又手握大權，這讓本宮如何放心得下？」

「妳既然都看得明白，」秦書淮面色不改，淡道：「那妳以為，我是來同妳們商量的嗎？」

「您自然不是來同我們商量，」秦芃挑了挑眉：「可是，您以為，我又是在同您商量嗎？」

秦書淮沒有說話，他看著秦芃，示意秦芃說下去。秦芃喝了口茶，轉頭放下茶杯，一副話家常的模樣慢慢開口：「如今王爺是無法登基的，要是有辦法，早就把我們孤兒寡母斬了，還和我們商量著輔政大臣的位子？我就明說吧，王爺，如果我們母女沒辦法監督王爺，誰知道王爺是不是拿銘兒當傀儡，過兩年就殺了呢？如果註定要死，早死晚死，不如現在死個痛快。」

秦書淮聽著秦芃的話，抬眼看向她：「妳對我不敢殺妳，似乎十分有信心。」

「是啊，」秦芃瞇眼笑開：「畢竟，我是衛家的大夫人嘛。」

聽了這話，秦書淮依舊很平靜。

秦芃的話都說到點子上，他的確不能動她，也的確實顧忌衛家。如果是旁人聽了秦芃的話，怕是會被激怒魚死網破，可秦書淮不是這樣的人。

他對情緒的感知太遲鈍，也太冷靜。以至於他幾乎不大會生氣，做決定時很難被情緒左右。

他聽著秦芃的話，默默想了一會兒。

如今看秦芃的架勢，不鬆口她是絕不會放輔政大臣的位子的，可是秦芃來輔政，對這個朝局能有多大影響呢？

這朝廷不會容忍秦書淮一個人獨攬大權，秦芃不來，也會有其他人來，如果是衛衍或者是張瑛之類老謀深算的臣子，那還不如秦芃更好對付。

於是秦書淮在沉默了一會兒後，慢慢道：「妳要如何？」

「我為陛下長姊，陛下年幼，我自然是要上朝輔政的。古來幼帝由母親垂簾聽政，我母親淑美人身體抱恙，就由我代勞吧？」

「等……」李淑聽聞這話，想要開口。

秦芃冷眼掃過去，壓低了聲音：「母親！」

李淑被秦芃嚇住，她從未見過女兒那樣嚇人的目光。並不是凶狠，就說不上來的一種壓迫感，讓她忍不住噤了聲。

她直覺覺得，如果她不噤聲，秦芃或許會做什麼……她無法想像的事。

秦書淮看著兩人互動，目光看向李淑：「娘娘，到底誰聽政？」

「就……四公主吧……」李淑低著頭，有些不甘願。

秦書淮點頭：「可以。」

「既然要上朝，自然要有個名頭，」秦芃似笑非笑：「淮安王覺得，鎮國長公主這個封號，本宮當不當得？」

鎮國長公主，這不僅僅是一個封號，還是地位。

正一品，可開府軍，干涉朝政，是一個類似於監督皇族的存在。

鎮國長公主很少冊立，近百年來，也就北燕冊封了一個趙芃——還是在她死後，由她弟弟趙鈺追封的。

而如今秦芃活著要這個位子，要的不是稱號，而是權力。

聽到這個要求，秦書淮忍不住笑了。

那一笑如春陽暖化千里冰雪，讓人移不開目光。

所有人都被他笑呆了，而他看著秦芃，內心卻是一片柔軟。

在這世間居然還有這樣相似的人……

叫著她的名字，有著她的性格，還要著和她一樣的位子。

真是有意思極了。

第七章 冊封大典

這一笑讓眾人有些發愣，秦書淮很少笑，就算是他的屬下，也沒見自家主子笑過幾次。而秦芃不一樣，她記憶裡秦書淮是經常笑的，他平時總喜歡裝假正經的樣子，但是想笑的時候，眼角眉梢都是笑意，唇角壓都壓不住。

他特別怕人碰他咯吱窩，以前他們打鬧的時候，她就喜歡去撓他咯吱窩，碰著了他會笑出聲來，在床上滾著求饒。

只是這笑容許多年不見了，如今驟然見到，秦芃忍不住多看幾眼。

對方抬起眉眼，迎上秦芃的目光，眼裡帶著幾分懷念：「公主想當鎮國長公主，那便當吧。只是當了這鎮國長公主，」秦書淮勾起嘴角：「別哭鼻子才好。」

「王爺說笑了。」秦芃瞧著對方的笑容，舔了舔唇角，那小舌探出來，勾得人口乾舌燥，旁邊的人都忍不住心跳快了幾分，唯有秦書淮面色不變，彷彿什麼都沒看到一般，轉頭卻是同李淑道：「那，太后娘娘，此事就如此定下了？」

「你們定下了，便定下吧。」李淑不是太開心，神色裡有些不甘道：「我一個婦道人家，又能說什麼？」

秦書淮沒接話，低頭喝了口茶。秦芃也不說話，低頭整理裙子。兩人默契地規避掉了李淑，李淑覺得更不甘心了，還想開口說什麼，秦芃就站起來道：「既然把事敲定了，那就這樣吧。母親，婆婆家裡還有些事，我便先告退了。」

說完，秦芃便搖著腰，婷婷嫋嫋走了出去。

秦書淮放下茶杯，也站起身來：「娘娘既然已經答應了，我便讓秉筆太監將旨意擬過來，娘娘瞧著沒問題，便蓋印吧。如今天色不早，臣也告退了。」

「行吧……」

李淑答得有些艱難，秦書淮基本禮數做到，便轉身走了出去。

等出了太后所在的長樂宮，江春才將忍了半天的疑惑說了出來：「王爺方才是在笑什麼？」

「看到她的影子，」秦書淮聲音柔和：「心裡高興。」

江春在秦書淮身邊當值快十年了，從北燕一路跟到齊國，自然清楚秦書淮說的那個「她」是誰。

秦書淮心裡從頭到尾只有一個人，只是那個人去的太早了。

她離開的最初幾年，秦書淮將趙芃所有相關的東西都塵封起來，彷彿這樣做，就能忘了那個人一樣。

可結果卻是，他無法入睡，整個人迅速消瘦下去。江春嚇得不行，將東西從庫房裡搬出來，放好，秦書淮一看見屋子裡滿滿都是那人的東西，當場就哭了。

像個孩子一樣在大堂上痛哭流涕，抱著牌位不肯放手，甚至連睡覺都帶著，這樣終於能睡覺，沒澈底耗到油盡燈枯。

而後他就開始拚命收集和那個人相關的東西。但除了東西之外，任何和趙芃相似的人，他都覺得厭惡。

有官員聽聞他深愛趙芃，送了許多和趙芃相似的女人來，有些人與她長得像，有些人與她性子像……結果都被秦書淮轟了出去。

可是後來久了，那個人的東西越來越少，秦書淮再也找不到和那個人相關的痕跡了。從慌亂到習慣，再到淡然。

然後有一次有個姑娘摔倒了，秦書淮那樣冷淡的性子，竟然破天荒扶了對方一把。當時江春覺得奇怪，秦書淮和他解釋：「她摔到的時候，很像芃芃小時候。」

「王爺不是一向很討厭這些和夫人相像的姑娘嗎？」

「以前討厭，」當時秦書淮的眼裡帶著苦澀：「可是，她的痕跡太少了，我找不到，抓不著，能怎麼辦呢？」

他能怎麼辦呢？

只能降低底線，對一切與她有關的東西，格外溫柔，格外寬容。

因偶然一次相遇與她有關的人事欣喜，因偶然發現與她有關的回憶歡愉。所以在護國寺第一次瞧見秦芃時，他對她有種額外的耐心。這份耐心來自於那個人，在他心裡，沾染那個人的一切，他都可以給予優待和寬容。

如今瞧見她與那個人越來越像，他其實並不介意。

這世間又多了芃芃的影子，他知道他的芃芃不在了，可是有這麼一點慰藉給他，他覺得，已很是歡喜。

看著秦書淮眼裡的溫柔，江春心裡說不出的難受。秦書淮沒有察覺侍衛的情緒，拉了拉衣衫，淡道：「走吧。」

而秦芃聘聘嫋嫋回去，心裡高興極了。回府看了衛老太君後，讓人端了飯菜，自己進屋吃飯。

進屋時就瞧見衛衍斜躺在榻上看話本，她走過去，將衛衍的書抽走，敲了他的頭道：「不思進取的東西，還不來吃飯？」

聽這話，衛衍有些不服氣，起身道：「嫂子這話不對，我怎的不思進取了？我這不是在看書嗎？」

「看一些無聊的民間話本？」秦芃坐到桌邊，挑起眉眼：「一個邊境大將天天看這些東西，你不丟人，我都為你感到丟人。」

「那不是因為妳房裡只有這些嗎？」衛衍跟到桌邊，拿了筷子，不耐煩道：「我就是隨便看看，結果還挺有意思的。」

「有意思？」秦芃有些意外：「你覺得什麼有意思？」

「就……那種一生一世一雙人的感情啊，」衛衍語氣感慨：「我看話本裡寫，那姑娘等那個將軍回來，一直等到頭髮都白了，那將軍才回來，他們見了面，兩兩對視，然後姑娘問一句『君可安好』，我真是看得眼淚都快落下來了！」

衛衍吃了口菜，繼續道：「要有個姑娘這麼對我，真是死了也甘願！」

秦芃嗤笑出聲，吃著飯道：「瞧你那出息！我等你哥，不也等了十年了嗎？」

聽了這話，衛衍心中一動，他抬頭看著秦芃，秦芃眉眼溫和平靜，一口一口吃著菜，有一種很難言說的安寧氣息圍繞在她身邊，讓他第一次覺得，自己回家了。

回到一個地方，能和那個人吃著飯，聊著天，互相打趣，安寧美好。

這樣的場景，他想過無數次。

可是從他十四歲之後，他就很少回家，偶爾回來一次，家裡也被衛老太君搞得像過年一樣，熱熱鬧鬧，卻少了那麼點平和溫暖。如今頭一次和一個人像家人一樣吃一頓普普通通的飯，他內心有一種奇妙的情緒湧上來。

他心底總想要有個人能夠一直陪他守護著一份感情，這一點……

秦芃已經等候他大哥十年了。

或許這一輩子，會一直等下去。

他心裡有些羨慕，有些酸澀，正想問點什麼，秦芃就道：「可我對你大哥沒什麼感情，就成親見過一面，當日晚上他便走了。所以我和你說，別想那麼多有的沒的，有時候一個女人等你一輩子，可能不是喜歡。」

「那……還可能是什麼？」衛衍覺得秦芃有點衝擊他。

秦芃抬起頭來，想了想：「也許只是她不想嫁人，守寡挺好的。」

衛衍：「……」

他突然覺得，他這位大嫂有很多故事。

「不過，」秦芃夾了口菜，瞟了衛衍不太好看的表情一眼，亡羊補牢道：「還是有很多姑娘是為了情愛的，你也別氣餒，純真一點，挺好的。」

衛衍：「……」

秦芃就這麼藏著衛衍，然後四處打聽消息。

秦書淮的兵一直守在宣京，衛衍的兵馬還有五日才到，秦書淮的人還在四處搜索衛衍，等衛衍的兵馬到了，衛衍就可以大大方方現身了。

這期間，大學士張瑛帶著人去找了秦書淮許多次，詢問他何時撤兵，秦書淮就淡淡一句——陛下登基，局勢安穩，自然撤兵。

這話說得妥帖，於是無奈之下，張瑛只能催促禮部的人趕緊，將秦銘登基的時日提前了十天。

秦芃得了消息，覺得很是開心，撣著書信同衛衍道：「你瞧瞧，這禮部的人像棉花似的，要胖要瘦，端看捏不捏。我去問，他們同我說登基大典至少還要準備半個月，如今張瑛一問，後天便可以了。」

「六部上下大多都是張瑛的人，」衛衍笑了笑：「嫂子妳別生氣，他們就這樣，同他們生氣要氣死自己的。」

「我氣什麼？」秦芃挑眉看了衛衍一眼，那一眼風情萬種，瞧得衛衍心上一跳，慌忙轉過眼去，秦芃也不知道自己撩人早已爐火純青，還奇怪衛衍躲什麼，繼續道：「氣醜了我的臉，他們可賠不起。」

「說的是，嫂子說的極是。」

衛衍趕忙拍馬屁，就怕秦芃突然不開心，說哭就哭，他便沒轍了。

因著張瑛的推動，登基大典後天舉行，剛好是衛衍的兵到宣京的時日。

登基大典前一日夜裡，衛衍的兵到了，衛家軍駐紮在城外，將「衛」字旗幟插好時，城中一片恐慌。張瑛親自來了衛家，這時衛衍已經接見了一干衛家家將，張瑛來了，便在房中見了張瑛。

秦芃懶洋洋坐在一旁聽他們說話，張瑛見了，皺了皺眉道：「公主殿下，老朽與衛將軍談論國事，公主可否迴避？」

聽這話，秦芃嗤笑出聲。

她心裡琢磨著，如今在她家裡就讓她迴避，等她垂簾聽政的時候，這張瑛怕是要噴死她。

可她也不想在這時和張瑛起衝突，便起身進了屋中。

只是剛到屋裡，秦芃便察覺不好，她感覺一股暖流從身下流了出來，她倒吸了口涼氣，同春素道：「快，拿我月事帶來！」

秦芃這個身子打小不好，在護國寺清湯寡水久了，也沒好好調理，葵水來時，痛得嚴重，尤其是第一日。

秦芃晚上便覺得有些疼，窩在床上，氣息有些不穩。等第二日起來，衛衍去接她時，瞧著她臉色蒼白，不由得道：「嫂子，妳沒事兒吧？」

秦芃捧著暖爐，有氣無力擺手不語。

衛衍和秦芃乘著一輛馬車，早早去了祭壇，但其他官員更早，他們到的時候，已經有一大批官階低一些的到了。而秦書淮則是秉持著他一貫來得早的習慣，早已站在祭壇前方臺階上。

衛家裡如今就衛衍一個當官的，大多數官員並不知道衛衍回來的消息，對秦芃也不熟悉，衛家的馬車到祭壇時，許多人還有些反應不過來，不知道這讓眾人讓路的馬車，是哪一位大人。

因為不知道，所以馬車格外吸睛，大家都往那馬車瞧去，等著馬車停下。

馬車一路行到離祭壇高官所站的位置最近的地方，這才停下來，而後車夫翻身下馬，放上腳凳，恭敬道：「主子，到了。」

說完後，一隻手從裡面探了出來。

那是一隻男人的手，寬大修長，帶著薄繭，一看就習武多年。

那手捲起簾子，露出裡面的人來。

他穿著一身紫色官袍，正前方繡了威風凜凜的麒麟，腰上懸著可自由行走於宮中的腰牌，一看就知身分顯赫。

他長得極為英俊，不同於宣京書生那種秀氣，反而帶著幾分野性，一雙天生的笑眼，看過來時讓人分不清他到底是笑著，還是沒笑。

在場的官員，哪怕沒見過衛衍的，也都聽過衛衍的名字。紫袍繡麒麟的裝束，這是齊國一品武將才有的打扮，而齊國青年一品武將也就兩個人，一位是眾所周知、站在正前方的秦書淮，而另一位……便是衛家衛衍。

這人一下來，所有人心中暗驚，再聯想到昨夜城外多出來的兵馬，立刻明白發生了什麼。

是衛衍回來了。

他不但回來了，還帶著兵馬回來了！

剛剛經歷過宮變，所有官員對此格外敏感，他們站在祭壇邊上，心裡十分忐忑，目光都在衛衍身上，不敢移開半分，打量著這位突然回來的將軍，琢磨著他此番回京的意圖。

衛衍從馬車上下來，卻沒有如他們所料那樣往秦書淮走去。他停在馬車旁，微微躬身，恭敬抬起手，說了句：「嫂子，到了。」

嫂子？

所有人又是懵了懵，然而很快就反應過來。

衛衍如今唯一的嫂子是誰？那不正是如今幼帝的親姊，四公主秦芃嗎！

衛衍這一聲嫂子讓所有人想起這個被遺忘許久的女人，也為他們解答了他出現在宣京的原因。

幼帝並不是毫無依仗，衛家便是這位這麼久以來默默無聞的十六皇子的依仗！

有了這一層，當秦芃從馬車中探出身子時，所有人內心對這位女子的評價已經完全不一樣了。

她不僅僅是一位公主、一位寡婦，未來，她還會是齊國權力中心的人物之一。

秦芃自然知道這些人的想法，她含笑探出頭，看見衛衍伸出來的手，知道他是在為她搭橋鋪路，便將手放到他手心，提步下了馬車。

她的動作優雅高貴，神色端莊大方，嘴邊含著若有似無的淺笑，看過來時，彷彿牡丹盛開，端莊豔麗。

衛衍在她身邊伏低做小，給足了面子，她在侍女攙扶下，走到秦書淮面前。秦書淮瞧著那身著華麗繁複宮裝，頭頂繁重髮飾女子朝他走來，一瞬間有些恍惚，彷彿十六歲那年和趙芃成親那日，那個人身著火紅嫁衣，由侍女攙扶，一步一步朝他走來。

不過這樣的想法不過一瞬，當秦芃走到秦書淮面前，淺笑著說那一句：「王爺金安。」時，秦書淮便已回神，面色平淡地點點頭，回禮道：「公主金安。」

兩人一人是內定的攝政王，一人是內定的鎮國長公主，作為輔政存在，一左一右站在祭壇下方一些的臺階下，等候著秦銘作為皇帝過來。

秦芃肚子疼得厲害，好在她一向裝慣了，倒也看不出什麼。秦銘還沒來，現場亂哄哄的，秦書淮看了她一眼，就道：「不舒服？」

「啊……嗯？」秦芃有些不敢置信，她自信自己裝得極好，卻還是被這人瞧出來了？

秦書淮看出她的疑問，垂下眼眸道：「妳總是抬手挽髮。」

這是趙芃的習慣。

她緊張或者難受的時候，就喜歡抬手弄她的頭髮，這樣的習慣，連她自己也不知道。

他知道她這樣的小習慣，卻不提醒她。她做事向來追求盡善盡美，最恨有什麼做不到位的地方。她要裝無事，就要讓所有人都覺得她無事。

他怕告知她這樣的習慣後，她會刻意改掉，這樣要知道她的內心，就更難了。

他本以為這樣的習慣只趙芃獨有，今日看見秦芃頻頻抬手挽髮，忍不住詢問了一句，等秦芃露出詫異的神色，他便知道她的確是不舒服了。

他心裡不由得有些好笑，內心柔和不少，猜想道：「公主可是腹痛？」

「王爺多想了，」秦芃緩過神來，心裡有些慌，覺秦書淮這幾年不見，真是修煉得像老妖精一樣，什麼都瞧得出來，忙調整了狀態，含著笑道：「我沒什麼的。」

秦書淮點點頭，沒理會她的謊話，將侍衛叫過來，低聲吩咐了什麼。

過了一會兒，遠遠見秦銘的馬車到了，這時一個侍女突然來到秦芃身邊，碰了碰她，秦芃回過頭去，就看見一碗紅糖水放在托盤上。

「公主請用。」那侍女聲音恭敬，秦芃狐疑地瞧了秦書淮一眼，秦書淮雙手攏在袖中，等著秦銘的龍攆，淡道：「喝吧，不至於在這裡毒死妳。」

秦芃：「……」

她腹痛得厲害了，瞧著那糖水有些饞，便視死如歸抬起來喝了一口。

喝完後腹間暖暖的，她心裡不知道怎麼的，有那麼些彆扭。

秦書淮一直沒再說話，就和她一左一右站著，等著秦銘來。

秦銘到後，由禮官引著開始了登基大典。秦芃就在旁邊當裝飾，要跪就跪，要站就站。

對著上天祭祀完畢後，剩下的冊封大典要到宮裡去。一行人浩浩蕩蕩跟著龍攆往宮裡走去，以示恭敬鄭重。秦書淮和秦芃在一左一右在第一排，離秦銘最近的地方。秦芃站了一個早上，本就有些受不住了，如今還走著，走到一半，秦芃就覺得目眩。一個踉蹌往前方砸了過去，秦書淮眼疾手快，一把拉住她的胳膊，讓她站了起來，沒摔下去。

他拉住她胳膊後，同她靠近走著，面色平淡道：「繼續走，摔倒我扶。」

這是登基大典，任何意外，都會視為不詳。

秦芃也知道這個道理，於是她立刻挺直了腰背，繼續往前。

秦書淮放了手，然而卻依舊站在離她很近的地方，彷彿在實踐自己的諾言，讓秦芃心中莫名有了安全感。

她悄悄回頭看身邊這個男人，眉目俊秀精緻，如果說衛衍那樣帶著些許野性的五官叫英俊，那麼秦書淮就真是澈澈底底的南方人，有著水墨工筆描繪般的雋秀，俊朗至極。

他站在她身邊，明知這是敵人，明知這個人曾經親手毒殺了她，甚至後面兩次死也和他有千絲萬縷的關係，她卻還是學不乖，覺得因有他在，內心變得格外安定。

秦芃的恍惚讓秦書淮以為她撐不下去了，秦書淮面色平靜道：「人生的路都是很難走的，有時候我們只能咬著牙往前。」

「殿下，」他聲音踏著時光，讓秦芃有些恍惚，彷彿十四歲時遇見這個少年。

那時候，他穿著湖藍色外衫，將失去母親的她抱在懷裡。

那天下著大雨，他在雨裡抱著痛哭流涕的她，也是如此。

一字一句，同她說：「這是妳選的路。」

「懸崖峭壁，妳得爬；荊棘遍野，妳得走。」

「早晚，會走到頭的。」

只是不同的是，那時，那個少年說完這話後，抿了抿唇，小聲道：「而且，我陪著妳呢。」

而如今他陪著她，走在她身邊，卻沒將這句話說出來。

這句話彷彿湮滅在時光粉塵中，被吞噬得毫無蹤跡。

秦芃聽著熟悉的話，感覺有股莫明的力量湧上來。

當年在她謀劃下，她帶著母親走出冷宮，她母親重得盛寵，她也成為了皇帝寵愛的公主，有了錦衣玉食的生活。

一步登天，眾人的嫉妒和羨慕隨之糾纏。那時她的戒心還沒有到後來的地步，她還帶著小姑娘那點天真，然後在她親手奉給她母親的蓮子羹裡，有人下了毒。

雖然最後她想盡辦法證明了自己的清白，可是她的母親已經走了。甚至於，她明明知道是誰做的，她也不能做什麼。

只能披麻戴孝跪在地上，由著皇后將手搭在她肩上，感慨一句：「可憐的孩子。」

而她還要感恩戴德一般叩首，感激皇后恩德。

她母親出殯那日，她自己扛著母親的靈柩上山，靈柩太重，她扛到一半撐不住，猛地跪了下來。

當時她單膝跪在地上，靈柩的重量壓在她身上。

那一刻她覺得，她站不起來了。

太重了，真的站不起來了。

就是那時，一雙手伸過來，替她扶起了抬著靈柩的長木。

那少年穿著素色長袍，帶著南方男子特有的俊秀的臉上一片淡然。

他那時候和她差不多高，身子骨看上去還沒她健壯，卻如松柏一般站到她身後，將肩膀放在長木下面，然後撐了起來。

重量驟然從她肩頭離開，她呆呆抬頭，看見那少年面色平靜地看著，聲音溫和：「站起來，我幫妳扛上去。」

她沒說話，豔麗的容顏上全是平靜。

「謝謝。」

她少有這樣正經的時候，他的手微微顫抖了一下，似乎想要做什麼，卻終究沒做。

他們兩個少年一前一後站著，扛著靈柩上了山。

從頭到尾，她都沒回過頭，可她能感覺到那個人的氣息，那個人的溫度，那個人就跟在她後面，無論她是倒下了，還是站起來，他都會替她扛著肩頭所有重負。

只是她從來不是一個讓人護著的人，於是她咬牙前行，讓黃土埋葬了自己的親人。

那日晚上，她回了冷宮，站在她和母親、弟弟住過多年的廂房前，一言不發。

雨下了大半夜，她站了大半夜。然後她聽到一聲壓著憤怒的喚聲：「趙芃！」

她沒回頭，覺得有人替她撐了傘，秦書淮言語裡帶著焦急：「妳怎麼在這裡站著？趙鈺找了妳多久妳知道嗎？妳站了多久了？手怎麼這麼涼？」

她沒說話，呆呆地看著那房子，秦書淮去拉扯她，她終於出聲：「你讓我站站吧。」

秦書淮愣了愣，握著她的手沒有放開。

他的手特別溫暖，在那個寒夜裡，成為她唯一的支柱。她從來沒覺得他這樣高大可靠過，讓她內心忍不住有了那麼些酸楚，沙啞著聲道：「明日我還得回去看著小鈺讀書，你讓我站站，我就難過這麼一晚，我再也……」

話沒說完，那個人猛地抱住了她。

他這個人一向內斂又木訥，帶著正人君子的羞澀。

從來都是她調戲他、逗弄他，他永遠是紅著臉躲著，恨不得見著她就繞道走。

然而那天他卻頭一次，主動抱住了她。

他的傘掉下來，雨落到他肩頭。少年抱得那麼用力，彷彿疼著她所疼，恨著她所恨。

「趙芃，」他身子微微發抖，卻強作鎮定：「妳難過就難過，想哭就想哭，天塌了，我撐著呢。」

她沒說話，這麼多年，她一直是她母親的支柱，是她弟弟的天，她一個人笑著走過風雨，這是唯一一個，也是僅有的一個，同她說這樣話的人。

那麼多委屈難過翻江倒海而來，她再也支撐不住，猛地哭出聲來。

她哭得聲嘶力竭，直到癱軟在地。而這個少年就一直抱著她，支撐著她。

恪守禮節，卻又帶著一絲難以言喻的親近。

然後他告訴她，人生路很難走，他陪她一起。

因為這句話，她重新站起來，做漂漂亮亮風風光光的玉陽公主。

而今再次聽到這句話，她覺得，自己能站起來一次，就能站起來第二次。

她受到鼓舞，將最後那段路撐了下來。眼見著要到宮門了，這時隊伍有些亂起來。

秦芃頭暈目眩，沒注意到周遭，就聽見一聲尖叫，隨後是衛衍的一聲大喊：「嫂子！」

秦芃沒反應過來，就看見一個刺客從秦書淮身邊猛地探出手，將劍搭在她的脖頸之上。

這人明顯是個女子，她方才似乎是去刺殺秦書淮的，只是被秦書淮一擊格擋之後，她選擇迅速開溜。抬手就劫持了秦芃。

秦芃袖間短劍滑下來，面色鎮定。這個人武功不錯，秦芃不敢亂動，這人劫持著她，同眾人道：「退後！」

這聲音有點熟悉，秦芃不由得皺了皺眉頭。旁邊的人都看向秦書淮，有些不敢安動，衛衍果斷開口：「退後！」

侍衛們瞧了衛衍一眼，衛衍怒喝：「看什麼看，退後啊！」

說著，衛衍回頭，同那人道：「妳把她放了，我讓妳走。」

「衛將軍口說無憑，在下怎能相信？還請四公主跟著在下走一遭吧！」

那人冷笑，壓著秦芃就往後退去。這一句話出來，秦芃反應過來是誰了，她袖中短劍收回去，配合著那人一起後退。

那人有些奇怪秦芃的動作，秦芃壓得低聲道：「別怕，我也要殺秦書淮。」

聽了秦芃的話，那人眼中有些奇怪，動作更大膽了些，壓著秦芃退到馬邊，翻身上馬，駕馬往外衝去。

衛衍罵了一句，立刻上馬追去，秦書淮面色不動，旁邊江春拿了弓箭來，秦書淮抬手拉弓，對準了駕馬衝出去的人。

秦芃老遠看見江春拿弓箭，焦急道：「妳趕緊把我放身後，他顧忌著才不會射箭！」

「誰知道妳打什麼鬼主意。」蒙面女子冷笑：「他射箭就射箭，我還怕他不成？」

「哎呀妳不知道他的箭術……」

話音剛落，秦書淮抬手箭發，箭呼嘯而至！蒙面女子似乎早就料到他的動作，猛地彎腰讓開，將秦芃暴露在秦書淮箭下，同時抬手去抓箭。

她擔心秦芃在她背後搞小動作，又怕秦書淮的箭，乾脆用了這麼一招，秦書淮第一次差點射死秦芃，第二箭他就不敢再射了。

然而秦芃手上動作更快，她聽見箭聲呼嘯而來，一個彎腰就側身讓了過去。這瞬間暴露了她會武的事實，哪怕動作有些遲鈍，然而從姿態來看，卻是能看出些底子的。

秦書淮面色驟冷，抬手抓過箭來，連射三箭！

衛衍看見這場景，立刻調轉馬頭折回去，怒吼：「你做什麼！」

然而秦書淮沒做聲，他的手微微顫抖。

剛才那個動作……那個讓箭的動作……

他太熟悉了。

他見過她無數次練習躲箭，她一直未雨綢繆，喜歡在事情沒發生之前去猜想發生後怎麼辦。

她的武藝是同他一起學的，他太清楚那個動作。

在那人躲閃的瞬間，他清楚看到了趙芃慣用的動作。

是那個人嗎？是她……轉世，還是……她根本沒死？

秦書淮腦子有些亂，他太急切想要確認。

那三箭衝過去，白芷罵了一聲，抬手拔劍擋箭，竟沒讓箭碰到秦芃分毫！

秦書淮看不出來，抬手還想拿箭，卻被趕回來的衛衍一把按住手：「你瘋了嗎！」

「是她……」秦書淮陷入奇怪的情緒裡，他微微顫抖，掙扎著想去拿箭：「是不是她……」

如果是她，他的箭她一定躲得開。

如果不是她……那又有什麼差別。

「秦書淮！」衛衍看著秦書淮神志不太清楚，抬手就是一拳，秦書淮猝不及防，被一拳砸退開去。

疼痛讓秦書淮清醒過來，這時白芷已經和秦芃跑遠了。

秦書淮最後一箭白芷沒有躲過，箭扎在肩頭，血流出來，秦芃果斷道：「往東門方向跑，進山去！」

白芷奇怪地看她一眼，覺得這人十分熟悉，卻還是跟著她的指示往外跑出去，一面跑一面道：「妳這公主可是奇了怪了，明明會武還裝成這柔弱樣子，現在好了，秦書淮肯定覺得妳和我是一夥兒的。」

「妳還好意思說我？」秦芃氣上來，簡直想戳著這人腦袋直接開罵：「我都和妳說我和妳是一夥兒的，就算我不說，妳用腦子想也知道，我作為長公主和秦書淮關係肯定是你死我活，妳還拿我當靶子？妳瘋了？」

「誰知道呢？」白芷冷笑出聲：「他長那麼好，女人我都不放心。」

秦芃：「……」

白芷，我不在這些年，妳到底發生了什麼？

白芷是趙芃的貼身侍女。趙芃打小將她當親妹子一樣養大。當初秦芃作為趙芃跟著秦書淮回齊國，不忍心讓剛剛嫁人的白芷和丈夫分別，就讓白芷留在了北燕。結果……

「妳來齊國做什麼？夏侯顏不要了？」

聽到這話，白芷面色一冷，手中短刀瞬間放在秦芃脖頸之上，冷聲道：「妳到底是誰！」

第八章　刺殺風波

她是誰？

秦芃一時被白芷問住了。

白芷這個人向來理智，從來不信怪力亂神。她是趙芃母親侍女的女兒，白芷的母親侍奉了趙芃母親一輩子，生下她來，自幼就跟著趙芃。趙芃小時候怕鬼，白芷從來不怕，因為白芷堅信，所謂鬼神一說，都是禍亂人心的謊言。

所以秦芃此刻要是同白芷說，親姊妹，我就是妳死去多年的主子趙芃啊。

她毫不懷疑，白芷會給她上大刑嚴刑逼供。

於是她轉過頭去，抬手挽了頭髮，掩蓋了方才那片刻的呆愣，慢慢道：「我是誰？我是齊國的長公主，衛家的大夫人，攝政王秦書淮的勁敵，白芷姑娘知道這些，不就夠了嗎？」

「反正，」秦芃含笑瞧向白芷：「妳的目標，不是殺了秦書淮嗎？妳我合作便可，至於其他事，何必細究。」

白芷沒說話，她盯著面前這個女人。

這個女人說話做事風格和趙芃太相似，讓她有些下不去手。

作為趙芃手下最得力的人，白芷來齊國之前，早已將齊國各大人際關係都摸了個透徹，而她的訊息中，這位四公主明顯是一個……沒什麼殺傷力的人。

可就是這樣一個人，卻一眼認出了她，還知道她的夫君夏侯顏。

白芷抿了抿唇，刀仍舊在秦芃脖頸上，冷聲道：「妳是如何知道我的身分的。」

「我查過秦書淮。」秦芃撒謊都不需要草稿：「他身邊所有人，包括他妻子身邊所有人，我都查過。妳作為秦書淮髮妻身邊最親密的人，我自然知道。」

這話讓白芷放鬆了幾分，她自己也是這樣的人，想要動一個人，就要將所有事查得清清楚楚。她的刀從秦芃脖頸上鬆開，駕馬衝進林子，進了樹林，馬就不好跑了，如今白芷肩頭受了傷，行動有幾分不便，秦芃看了後面的追兵一眼，立刻同白芷道：「把妳衣服脫了給我，傷口紮緊一些別讓血流出來，去樹上躲好了別動！」

「妳……」白芷愣了愣，秦芃抬手就去扒她衣服，兩人一面換著外衣一面跑，秦芃知道她要說什麼，迅速道：「等追兵走了妳先跑出去藏著療傷，找個時機去衛府，我在衛府等妳。妳要扳倒秦書淮，我幫妳！」

說完，兩人衣服差不多換完了，秦芃從白芷手裡拿過刀來，往身上劃了個傷口。然後將刀塞回白芷手中，攏了攏頭髮，說了聲：「回見。」便調頭往深山裡跑去。

白芷看著那人活蹦亂跳跑遠還不忘扭著腰的身影，心情頗為微妙。然而想了想，她還是按照秦芃的意思，包緊了傷口上了樹，靜靜等著後面的追兵。

追兵們尋著血跡很快追了上來，然後順著草被踩斷的方向追著過去。白芷在上面等了一會兒，便見到秦書淮帶著人來了。

秦書淮和衛衍分成兩路追人，衛衍去追馬跑的那個方向，秦書淮則是一路追著正確方向過來。

為了給白芷充分逃跑時間，秦芃一路撒丫子往前跑，一面跑還一面不忘設置障礙，先往前跑，跑了折回來，再從樹上蕩過去往其他方向跑……

所有人都是尋著血跡和折斷的草枝去追的，結果後來發現，總是追著追著，路就沒了……

秦書淮上了一次當，立刻明白秦芃的把戲，同旁邊的人道：「分散去找。」

而後便自己帶著三兩個士兵追著過去。

秦芃把人甩得遠遠的，跑得有些累了，便在樹上躺著，手裡拿著一個果子，手枕在腦後，扔著果子休息。

她也沒指望自己不被找到，秦書淮找不到她，她才覺得奇怪。

是人做事情就會留下痕跡，秦書淮向來是個心細如髮的，找到她不過是時間早晚。只是算一算時間，她覺得白芷應該能跑了。

秦芃在樹枝上等了一會兒，便聽見樹林中傳來一些細微的聲音。

那些聲音很輕，應該是人在樹林中快速穿梭的聲音，只是太過輕細，如果不仔細聽，彷彿什麼動物一般。

這樣的聲音，往往是殺手暗衛這些極度需要掩藏的人，秦芃停住扔果子的動作，屏住呼吸，在樹上慢慢睜開眼睛。

這裡已經是樹林的邊緣，不遠處就是一片空曠的平地，平地盡頭是深不見底的懸崖。秦芃將短劍放在手中，靜靜看著幾道黑影來到腳下。

「埋伏！」

黑影中為首的人沙啞開口，十幾道黑影立刻隱入草叢，或者跳上了樹，一動不動。

他們太過專注，沒注意在樹的更上方，有一個人隱在樹枝中，懶洋洋瞧著他們。

這些人是來做什麼的？

秦芃思索著，有些不明白，到底是來殺她，還是殺秦書淮？

她躺在樹上，垂著袖子，靜靜看著下面的人。

那些人明顯訓練許久，趴下來後，居然彷彿不存在一般，動也不動，連呼吸都幾乎隱藏了起來。

不一會兒，遠處又傳來了聲音，秦芃抬眼一看。

喲，秦書淮。

秦書淮沒有騎馬，帶著三個侍衛一路追尋過來，侍衛們替他開路，他雙手攏在袖間，面色沉靜，四處打量著。

趴在樹上、草堆裡的人明顯緊張起來，他們的呼吸再也無法感知，所有人匍匐著，肌肉繃勁，抬手按在自己的刀上。

秦芃含笑打量著兩邊人馬，默不作聲，秦書淮往前慢慢走來，眼見著就要走到那批人的埋伏圈時，他突然頓住了腳步。

秦芃心裡咯噔一下，就看見那人先是看著地面，隨後慢慢抬起頭來，目光落在秦芃藏身之處。

四目相對。

一個面色平靜，波瀾不驚。

一個手裡捏著個果子，豔麗的臉上帶著呆愣，看上去頗為可愛。

秦書淮張口，就兩個字：「下來。」

秦芃回過神，微微一笑，秦書淮皺起眉頭，直覺那人的笑容有些怪異，就是此刻，冷刀驟然而至！十幾個人從暗處猛地衝了出來。

秦書淮眼神驟然冷下，秦芃躺在樹枝上，抬手咬了一口果子，哼笑，用口型一字一字道：「不、下、來。」

侍衛和那些殺手糾纏起來，秦書淮雙手攏在袖中，不動如山，見秦芃的口型，他二話不說，抬手一把抓住旁邊人的手腕，一擊一點，就卸下了對方手中長刀，反手橫刀劃過對方的脖頸。

鮮血四濺，溫熱的血落在秦書淮臉上，秦書淮手提長刀，面上帶血，書生氣質被破壞得一乾二淨，反而帶著身後是屍山血海的修羅氣息。

秦芃愣了愣，不知道為什麼，突然覺得，心裡有點慌。

他好像……生氣了？

秦芃有些疑惑，便看見秦書淮手起刀落，朝著那些人揮砍過去。

他的護衛都是精英，但來的人也不差，沒一會兒，他的護衛便倒下了，此時還剩七個殺手，他們團團圍住秦書淮，秦書淮面色不動，抬頭看了秦芃一眼。

那一眼看不出什麼情緒，秦芃含著笑不說話，就是這時，其中一個殺手順著秦書淮的視線看去，察覺到秦芃的存在。對方一躍而起，朝著秦芃就衝了過去，秦芃躺在樹上，看著那殺手衝來，近身那一刻，她袖中短劍猛地橫出，割斷了對方的咽喉。

血從上方噴灑而下，幾個殺手眼中大驚。

「還有人！」

其中一位低喝了一聲，兩個殺手去截堵秦芃，剩下的朝著秦書淮衝了去。

自己有幾斤幾兩秦芃還是知道的，方才不過是趁著對方不備而已，如今對方正面來捉她，她絕對敵不過。

於是她毫不猶豫往下一跳，直接往秦書淮身後衝了過去。

秦書淮臉色好了些，在追著秦芃來的人身前一橫刀，將秦芃護在身後。

「哎呀哎呀，王爺救命啊。」

秦芃心裡其實有些緊張，面上卻還是笑嘻嘻的。

秦書淮這個人很奇怪，她明明知道他殺了她三次，甚至於其實她第一次重生的時候，還想過要報仇幹掉這個人，而這個想法至今也沒有放棄，只是不如當年濃烈。可是饒是如此，在這種情況下，秦書淮護在她前面，她卻依舊會覺得十分心安。

秦芃探究自己。

首先，可能是覺得要死大家一起死，有秦書淮陪葬她沒什麼遺憾，反正她死了，說不定睜眼又是一條好漢。死啊死的，就習慣了。

其次，可能是她覺得秦書淮不會殺她，畢竟如今衛衍好好活著，衛家軍就在城門口，她死了衛衍不會放過他。

總之她不可能是因為內心對秦書淮有什麼安全感……算了。

秦芃覺得這個問題她還是不要深想，面對現在的場景比較好。

秦芃躲在秦書淮身後，打量著這些人。秦書淮一面護著她，一面和這些人交戰，同時道：「人不是妳的？」

秦芃一臉茫然：「你怎麼會覺得人是我的？」

「那妳方才不跑？」

秦書淮身上的冷氣似乎少了些，秦芃更奇怪了：「他們都沒發現我的存在，我為什麼要跑？一跑他們不就發現了嗎？」

秦書淮：「……」

最後剩下的都是精銳，秦書淮一個人根本不能支撐，沒一會兒，秦書淮身上就見了傷，秦芃想了想，同秦書淮道：「往崖邊過去！」

秦書淮眼珠動了動，明白秦芃的意思，果斷道：「下面是平地，沒有湖，我不跳。」

「哎呀你別擔心啊，」秦芃小聲道：「我有辦法，你跟著我跳！」

秦書淮不說話，他懷疑秦芃要騙著他一起死。

然而那五個殺手劍風越發凌厲，秦書淮支撐得有些艱難，他抿了抿唇，下了決定，拖著秦芃就往山崖邊過去，然後二話不說，拽著秦芃跳了下去！

跳下去時山風颳得疼，秦芃袖子裡長長的白綾猛地甩上去，捲住山崖上的樹枝。

然而落下的衝力太過，樹枝瞬間折斷，秦芃就一次次纏上，一次次折斷山崖上的樹枝，緩衝了力道。

在兩人跳下去時，那些殺手追了上來。

跳還是不跳？

殺手們認真想了一下，看著雲霧繚繞的山崖下面，殺手們決定——跳！

既然秦芃、秦書淮敢跳，下面一定有湖或者什麼，若是讓人跑了，他們活著回去，怕是全家都保不住。

於是幾個殺手毫不猶豫，跟著跳了下去。

跳崖不會死。

跳崖多奇遇。

幾個殺手這麼想著，接著就在半路和先落下去的秦芃秦書淮狹路相逢。

秦芃長綾剛拉住一根樹枝，就看見五道身影沒有任何阻攔地落了下去。而那些殺手也看見了半路掛在壁上的秦芃、秦書淮兩人，其中一個忍不住大喊：「沒有湖！」

另一個大喊：「我操你大爺！」

剩下三個各自喊了什麼，就墜了下去，片刻後，山谷裡迴盪著「砰、砰、砰」的五聲落地聲。

秦書淮悠悠抬頭看向秦芃，此刻他抱著秦芃的腰，秦芃拉著手裡的長綾，樹枝一點點下彎，秦書淮慢慢道：「是摔死了吧？」

「大……大概吧……」

秦芃心裡有點害怕了。

她敢跳下來，是算準了自己懷裡有一根千蠶絲白綾，按照她的功夫可以一路拽著樹下去，活著的機會絕對比留在上面大。不過這對她的要求也很高，一個不慎可能直接下去了。

秦芃本來不害怕的，結果聽到這五聲落地聲，她驟然覺得，有點心慌。好在秦書淮極其鎮定，淡定道：「下去吧，距離崖底不遠了。」

「好。」

秦芃輕咳了一聲，讓自己顯得更從容一些，然後將白綾朝著下一根樹枝甩過去，一路盪到崖底。

兩個人重，秦芃接近崖底的時候，手微微打顫，有些抓不住白綾，最後一次甩出去，白綾打滑，兩個人直接往地上砸了過去！

秦芃腦子一懵，秦書淮在她身後，將她往懷中一攬，就這麼撞到了地上。地上有一塊凸起的石頭剛好擱在秦書淮腳下，秦芃聽見「哢擦」一聲迴盪在山谷，讓人心裡跟著一抖。

秦芃在秦書淮身上還沒反應過來，秦書淮冷著聲道：「下去！」

秦芃立刻翻身滾了下去，迅速檢查自己的身子，發現沒什麼問題，就手上有一些血痕。這時她看向秦書淮，秦書淮撐著自己坐起身來，正用手檢查自己的腿部。

他身上好幾道傷口，面色有些蒼白，看得出來不太好受，但神色卻十分平靜，秦芃一時不太確定他受了多重的傷，小心翼翼走過去道：「你怎麼了？」

「腿斷了。」

秦書淮冷靜回答，從旁邊順手拿了樹枝，撕了衣服，固定住小腿腿骨。

秦芃一聽這話樂了，歡歡喜喜道：「腿斷啦？那我先走了，您在這兒等……」

話沒說完，秦書淮一把抓住她，直接拽到身側崖壁上，刀一擊貫穿在她側臉。

他離她很近，刀和他的人形成一個密閉空間，彷彿將她圈在懷裡一樣。

他的目光很平靜，卻帶著殺意，彷彿一隻野獸盯著獵物，讓人瑟瑟發抖。

面對這樣的目光，秦芃有些慫，然而她仍舊帶著笑，瞧著秦書淮道：「王爺這是做什麼？」

「想死我隨時送妳走。」秦書淮冷聲開口，不帶一點情緒：「別挑戰我的耐性。」

他離她太近，可以清楚看到他的睫毛，他的唇紋。

他的睫毛很長，平時離得遠，看著十分高冷。如今離得近了，看著那睫毛撲閃撲閃的，彷彿撩在人心上一樣。

秦書淮有一張好相貌，秦芃向來知道。如今瞧著他近在咫尺，秦芃居然有種前三輩子都是牡丹花下死的風流感。

她勾著嘴角，笑著沒說話，秦書淮忍到現在，她覺得不太容易。她這個人就喜歡挑戰別人的極限，尤其是她看不爽的人，貓一樣，撩一撩，估摸著要炸了，又一臉無辜從容抽身。

此刻瞧著秦書淮，她明白，這是在要炸的邊緣。於是她立刻抬手投降，一臉無辜道：「好好好，我錯了，王爺如今腿斷了，請問要妾身做什麼？」

秦書淮沒說話，直接一捏一扔一抬下巴，十分順手就給秦芃塞進去一藥丸。秦芃愣了愣，片刻後反應過來：「你這是給我吃了什麼？」

「一個月一次解藥，自己來找我。」秦書淮將刀從山壁裡抽出來，面色平淡：「走吧。」

「走？」秦芃有些反應不過來：「你的腿都斷了，我們走什麼走？」

秦書淮不說話，靜靜盯著秦芃，好半天後，秦芃炸了：「你讓我背你？」

「不然？」

「秦書淮你的臉是攤餅嗎？這麼大的？」秦芃憤怒了：「我這麼一個柔弱嬌美誰見著都得心疼憐愛的公主，你讓我背你？」

秦書淮依舊不言，目光十分平靜地看向秦芃手上的白綾。

「妳是公主我承認，」他聲音冷淡：「前面的詞，我覺得，得去掉。」

崖底空曠，風有些冷。

秦書淮靜靜看著秦芃，秦芃聽著他的話，深吸一口氣，咬牙道：「行，我背。」

秦書淮沒說話，抬起手來，一副我已經準備好的樣子。

秦芃走到他面前，彎腰將他扛起來，背在背上。

她這身體底子不好，背那麼大個男人還是很重的，秦書淮察覺她吃力，皺了皺眉頭：

「妳學過武，卻沒打基礎？」

「啊，對。」關於這點，秦芃早就準備好了謊言：「以前有個高人到宮裡來過一陣子，學了幾個月，走了就沒怎麼繼續了。」

趙芃的師父就是這麼個高人，整日遊山玩水，遇到稱心的，就再學一下。趙芃學武的底子是自己打的，畢竟北燕尚武，皇族課業裡都包含武學，但是更進一步的東西，卻是她師父林霜教的。

聽著秦芃的話，秦書淮面上有了些波瀾，他被她背著，手藏在袖子下面，抓緊自己的袖子，艱澀道：「妳師父叫什麼？」

「林霜？」秦芃想了想：「他就和我說過一次名字，時間太久了，記不清了。」

秦書淮沒有說話，他覺得內心裡有什麼促成的火苗驟然熄滅，恢復一貫的冰冷。

其實也是，她是死在他懷裡的，他確認過她的氣息，親自將她送進趙氏皇陵，看著黃土埋葬了她。

怪力亂神從來禍亂人心，走了就是走了，哪裡還會活著？若是活著，又怎麼會不來找他，不來問他。

哪怕不找他不問他，那趙鈺呢？她總該要相見的。

秦書淮冷靜地想著，心裡慢慢平靜下來。

倒也沒什麼失落失望，反正……他習慣了。

她死的這些年，什麼樣的瘋魔他沒見過？

還曾經瘋狂相信人會轉世，養了一大批道士、和尚，推算著她轉世的時辰，最後抱了個孩子回來，卻被趁機刺殺捅了一刀。

血流出來，他看著那個殺手易容的孩子從他面前翻滾殺出來時，他心裡特別清楚知道。

這樣會害死他。

找不到趙芃，也報不了仇。

人死了就死了，哪怕轉世投胎，也不是那個人了。

秦書淮閉上眼睛，逼著自己不去想太多，秦芃背著他一步一步走出去，她累極了，又怕後面追兵追上來，根本不敢休息，咬著牙往前。

秦書淮感覺她的氣息有些亂，睜開眼看她，見到這人冷著臉往前，看起來很累的模樣秦書淮突然有些理解林霜為什麼收秦芃當徒弟，這個人和趙芃在很多方面，倒真是一模一樣的。比如說她要是撐不住了，就板著臉；她但凡有一分力氣，就想著怎麼讓你生氣。

他趴在她肩頭，因為失血神志有些恍惚，秦芃感覺肩頭上的人要睡過去，忍不住道：「你不會要死了吧？」

「死不了。」秦書淮撐著開口。

秦芃聽了他的話，冷笑出聲：「看來是要死了。」

秦書淮但凡還有那麼一分力氣，語調都不會虛成這樣。被看穿之後，秦書淮倒也不慌張，雖然他和秦芃如今處在敵對位置上，可不知道怎麼的，他始終覺得這個人對他做不出什麼來。

秦芃見他不開口，心裡有幾分不安。山風呼嘯而過，如今入了夜，有了那麼些可怖，秦芃找著話題道：「你別睡啊，我不認路的。」

秦書淮撐著睜眼，看著姑娘眼裡的心虛。

趙芃怕黑。

他隱約想起來。

那年趙芃被皇后單獨關在一間黑屋子裡三日，放出來後從此特別怕黑。尤其是一個人待在屋裡，她更是害怕。長大後雖然好了許多，但是黑夜對於趙芃來說，依舊是一個死穴。

如今秦芃雖然沒說，但明顯有些害怕，看上去張牙舞爪一個姑娘，卻怕夜幕降臨。

秦書淮忍不住笑了，一時有些分不清面前的人和過去的區別。他靠著她，沙啞道：「我不睡。」

「你說的，」秦芃趕緊道：「來我們聊聊吧，你千萬別睡了。」

「好。」

「秦書淮，」秦芃絞盡腦汁想要問什麼，出於她對他多年來的好奇，只能問一些花邊傳言：「你喜歡過人沒？」

「嗯。」

「你喜歡誰啊？」

「為何告訴妳？」

「秦書淮，」秦芃咬著牙：「你這樣一點都不誠懇。」

秦書淮：「……」

「你說說嘛，」秦芃纏著他，怕他睡過去：「不說名字也行，就說說她什麼樣啊，怎麼認識的啊，之類的。」

「她……」秦書淮開口，不知道怎麼的，聲音有些乾澀。

他很多年沒和別人說過她了，那個人的名字埋在他心裡，不提怕忘記，提起來又心疼。所有人都以為這是禁忌，從來不敢問起那個人。而他也不擅長言語，便從來沒對別人說過她。

驟然有個人問起來，還是一個與她如此相似的人，他莫名其妙的，居然真的認真去思索起對方的問題來。

她是個什麼樣的人呢？

「她……很漂亮，」秦書淮回憶著，描繪著那個人：「很溫柔，很聰明，善解人意……」

一聽這些形容詞，秦芃就愣了。

完了，秦書淮當年喜歡的，絕對不是她。

秦書淮將自己認識的美好的形容詞幾乎都用上了，什麼——心地善良、道德高尚、鋤強扶弱、人見人愛……

既聰明又帶著些呆傻可愛，既妖豔又清純……

聽到最後，秦芃整個人面無表情等著秦書淮結束他的美好詞彙堆砌，秦書淮說累了，終於發現秦芃一直沒回他話，好奇道：「妳怎麼不說話了？」

「我有點疑惑。」

「嗯？」

「你說的還是人嗎？」

集美貌、聰慧、善良、還帶著可愛、呆傻、擅長使用陰謀詭計等等特質……

這麼矛盾又完美的人，真的存在嗎？

聽了秦芃的懷疑，秦書淮想了想，很認真地回答她：「或許別人眼裡她不是這樣，可我心裡，她的確就是這樣的。」

她真是為那個女人感到悲哀……更為秦書淮感到悲哀。

秦芃嘆了口氣，思索著秦書淮喜歡人家，估計都沒真正走進過那人的世界，說不定只是老遠看過幾眼，就開始了他的癡心妄想。

不過她還是很好奇，秦書淮到底喜歡誰？

這麼多年她一直埋伏在他身邊，也沒聽過他和哪個女子有過什麼沾染。而且讓秦書淮仰望的女人，普天之下除了她趙芃，還能有誰？

雖然說起來有那麼些不要臉，可趙芃自認為，她應該是目前他認識的女人裡，最出名，最優秀的。

北燕鎮國長公主趙芃，提起來誰不知曉？

秦芃懷著好奇心，和秦書淮有一搭沒一搭的聊著。

他們兩就像一對再普通不過的朋友，泛泛聊著生平。

「妳以往隱藏著真實能力，是怕皇后警惕？」

「哦，不是，就是單純懶。」

「那妳為衛煬守寡十年，是因為很愛他？」

「衛家挺好的。」

秦芃想了想，如果自己是真的秦芃，大概也會做這樣的選擇。

「而且，衛煬也挺好的。」

對於這個夫君，秦芃的印象還是很好的。雖然只見過一面，但這個人對她卻很照顧。去了戰場後，每個月書信不斷，言語溫和。

秦芃願意為衛煬守寡十年，心裡其實並沒有不樂意。

對於從來沒有得過關懷的秦芃來說，第一次被人這樣溫柔相待，內心自然充滿了感激和愛慕，衛煬死後，秦芃的眼淚是真心實意的。

不僅僅是為了她未卜的前途，更是為了這僅存的溫柔。

「以前沒人對我好過，衛煬是唯一對我好的人。」

秦芃開口，她混雜著原身的記憶，這句話十分溫柔，秦書淮睜開眼來，他敏銳捕捉到這人那份真心實意。

這一點溫柔抹殺了他內心最後一絲期盼。

她真的是秦芃。

趙芃這一生，不該對其他人，說出這樣溫柔的句子。

如果她說出來，那個人，唯一的、僅有的人，應該是他秦書淮。

是他陪著她走過人生所有低谷與榮耀，是他獨守她死後那空蕩蕩的六年。

她活著是他的妻子，死了也是。

秦書淮閉上眼睛，此時已經走出山谷，秦芃看見一個山洞，她將秦書淮提了提，朝著山洞走進去，把秦書淮放在地上，抹了把汗道：「我們歇著吧，我實在走不動了，他們應該追不到這裡來。」

「嗯。」

秦書淮靠著山壁，閉著眼，十分大爺。

秦艽忍住動手的衝動，看著外面的月光，琢磨著要不要去撿些柴火。

可外面黑漆漆的，她心裡有些害怕，最後還是決定，等天亮再說吧。

於是她就和秦書淮一起靠在牆上，等著天亮。

山洞裡很黑，只有秦書淮的呼吸聲讓她安定些，休息了一會兒，秦艽有些冷了。她心裡毛毛的，但她不敢表現出來，就往秦書淮邊上小心翼翼蹭過去，和他肩靠肩擠在一起。

「離我遠點，」秦書淮突然開口，聲音平靜：「矜持些。」

「我就不矜持！」秦艽又擠了擠：「晚上冷，別矯情。」

秦書淮：「……」

秦書淮的溫暖隔著衣衫透過來，秦艽心裡安穩了很多。

她從來沒想過，有一日她的安全感，居然是從殺她的凶手那裡得到的。

她對自己的不爭氣有些絕望，但回過頭，看見秦書淮在黑夜裡皺著眉的面容，她突然明白了——

或許，她自己都不知道，自己其實是個為了美人一笑可以點烽火臺的風流性子。

如果是這樣的話，就秦書淮的長相，別說殺她三次。

殺一百次，大概也殺得。

第九章　共謀大業

秦書淮拿秦芃有些沒辦法。

他現在虛弱得不行，秦芃這麼擠著，他沒力氣去推她。而且不知道怎麼的，她這麼靠著他，讓他恍恍惚惚想起趙芃。

他想讓她離遠點，那份久違的熟悉感又制止了他。

他閉著眼睛，不知道怎麼的，有些絕望。

「秦芃，」他沙啞出聲：「妳有沒有過一種感覺。」

「什麼感覺？」

「人在水下的時候，會拚命的撲騰，抓到什麼，哪怕是根浮草，也會拚命抓住。明明知道那根浮草救不活他，可仍舊想要抓著。」

就像他此刻，明明知道這個人不是那個人，卻仍舊控制不住自己，想在這個暗夜裡，假裝那個人還活著，還存在，用以安慰自己那已經絕望到枯竭的心。

可卻也知道，那個人無可替代，所以才讓他絕望如斯。

秦芃沒有說話，她靠著秦書淮，迷糊道：「你說的太深奧，我聽不懂。」

「聽不懂……」秦書淮聽著這話，覺得這真是那人能說出來的言語，閉著眼睛，慢慢道：「那就不懂吧。」

說完後，秦書淮就不再說話了，秦芃靠著他擠了擠，覺得實在有些冷，乾脆將秦書淮的手拽上來，放在自己的肩上，讓他的袖子搭在自己身上，像毯子一樣，尋了一個合適的姿勢，睡了。

她睡了，秦書淮卻睡不著，他在暗夜裡睜著眼睛，開始慢慢回想。

那一年趙芃用他母親的消息將他從書房裡騙出來，陪她玩了一天以後，兩人掉進一個獵人捕獵的深坑裡時，趙芃也是這樣靠著他，他搭在她肩上，用袖子給她取暖。

他不知道自己是怎麼了，就感覺在這暗夜裡，意志力突然變得格外軟弱，睜著眼看著黑夜，在趙芃死後第六年，第一次覺得，沒有那麼難過。

有那麼一點希望，有那麼一絲幻覺，對於已經溺在水裡六年的秦書淮來說，已經是莫大的幸福。於是他睜著眼，一直不敢睡覺，假裝趙芃還活著一樣，讓自己陷在十四歲那年，他和趙芃躲在獵人的深坑的場景裡。

等第二日秦芃醒過來的時候，秦書淮整個人都有些迷糊。

陽光落進來，讓秦書淮臉上有了一絲不正常的紅暈，秦芃一開始以為是太陽曬的，但很快就反應過來，是秦書淮病了。

她抬手碰了碰秦書淮的臉，發現秦書淮整個人滾燙著，秦芃忍不住得意起來，拍了拍秦書淮的臉道：「天道好輪迴，給我餵毒藥？自己遭殃了吧？」

秦書淮沒說話，他一把握住秦芃的手。

他瞧著她，眼裡全是焦急，秦芃愣了愣，就聽見他說：「芃芃。」

那一聲「芃芃」聲音虛弱，喊得急切又溫柔，秦芃愣了愣，不知道為什麼，心裡就軟了幾分。

她瞧了外面一眼，琢磨著秦書淮真燒傻了，她連解藥都拿不到，只能嘆了口氣，認命將秦書淮背起來，往外走去，一面走一面罵：「算我倒了八輩子的霉，算了算了。」

秦書淮趴在她的背上，迷迷糊糊就知道叫她的名字。

芃芃，別走，芃芃。

秦芃被他叫得心煩意亂，忍不住罵了句：「別叫了！」

如果真的這麼深愛，這麼掛念，為什麼還要殺她？

既然殺了，為什麼還拿不起，放不下，在這裡假裝深情？

她不是沒給過他機會，別人都說她趙芃沒心沒肺，她自己也是這麼覺得的，可是在少年時，她也想過，如果這世界她要給誰打開一扇窗，她覺得，那個人應該是秦書淮。

她之所以嫁給他，之所以在當年那詭譎的宮局裡選擇護著他，就是她想給自己一個機會，給他一個機會。

她或許沒有如普通人所說的愛情那樣愛過她，可是在她生命裡，她認為已經付出最多感情，給予這個人，既然辜負了她，就別再假情假意。

秦芃被秦書淮這虛偽的樣子噁心得不行，覺得這人真是絕了。

當年她怎麼沒發現，秦書淮是這麼拿不起放不下的人呢？

可是她的吼聲並沒有傳到秦書淮耳裡，秦書淮彷彿深陷在夢境裡，緊皺著眉頭，身子微微顫抖，胡言亂語著。

秦芃從最開始的心煩到慢慢習慣，面無表情背著秦書淮走出林子，順著河道往外面走去。過一段路，就聽到了馬蹄聲。她趕緊帶著秦書淮躲進叢林，看見有士兵在沿河搜索，秦芃靜靜等了一陣子，等她看見江春，這才舒了口氣，從草叢裡站起來，朝著江春道：「江大人，這裡！」

江春聽到秦芃的聲音立刻趕了過來，看見靠在樹下昏迷不醒的秦書淮，立刻變了臉色。

他慌忙前去查看秦書淮的傷勢，同時同人道：「快去將大夫和衛將軍請來！說人找到了！」

說著，江春看著秦書淮的傷，焦急道：「這是怎麼弄成這樣子的？」

「路上遇到了殺手，也不知道誰派來的，」秦芃嘆了口氣，一臉惋惜道：「攝政王和殺手英勇搏鬥，不慎掉落山崖，本宮為了救他一起落崖，好在被一棵樹救了性命，不過攝政王摔斷了腿。本宮沒有辦法，只能不辭辛勞將攝政王背了出來，不曾想他因傷勢太重，發了高燒……」

江春不說話，聽著秦芃胡扯。

他現在知道，這公主的話大概是不能信的，從秦書淮身上那些泥巴來看，這位公主不辭辛勞背著秦書淮出來的過程裡，可能還包含了「滾、踢」等動作。

這一點秦芃是承認的，太累的時候她就把秦書淮放下來手腳並用讓他滾著往前。只是她還是有點良知，怕不小心把人弄死了，就滾一段路，背一段路。

江春檢查的時候，衛衍和大夫也來了。

衛衍著急衝過來，看見秦芃，舒了口氣道：「嫂子妳沒事吧？」

「沒事兒，」秦芃擺擺手，轉頭看著正在被大夫搶救的秦書淮，彎了腰道：「王爺，你好好歇著，我走了哈？」

說完，秦芃打算起身離開。卻在這一瞬間，被秦書淮死死握住了手。

「別走……」他沙啞出聲，死死握著她：「別走……」

秦芃愣了愣，衛衍瞬間變了臉色，上前想要拉開秦書淮，江春見他動作粗魯，大喊了一聲：「你做什麼！」又拉住了衛衍。

四個人就這麼僵持著，秦書淮死死握著秦芃，反反覆覆就是那句：「芃芃……別走……」

衛衍臉色大變，抬頭看著江春，冷聲道：「讓開！別讓你主子做出不成體統的事！」

江春也有些難堪，卻仍舊道：「王爺如今沒什麼神志，我來拉，你這樣粗魯，又成什麼體統？」

「那你拉啊！」衛衍一把甩開秦書淮的手，大吼：「你他娘動手啊！你不動手我來砍行不行？」

江春瞪了衛衍一眼，伸手去拉秦書淮。

卻不想秦書淮拉得死緊，每一根手指都用力到泛白。

秦芃垂下眼眸，看著那彷彿抓著生命裡唯一稻草的人，忍不住笑起來，卻是問江春：「王爺叫的芃芃，是本宮嗎？」

江春正在和秦書淮搏鬥，聽到秦芃這一句，趕緊解釋：「不不，王爺如今沒了神志，王妃叫趙芃，過世得早，王爺叫的是她，您千萬別誤會。」

「你到底行不行？」衛衍有些不耐煩了，提了刀道：「不行我砍了？」

「衛將軍您別鬧了！」江春大吼，附在秦書淮耳邊，小聲道：「王爺您放手吧，這不是夫人，求您了，爺，您別鬧了。」

看著江春的反應，秦芃覺得有些好笑，她的手腕已經發青了，可她覺得沒什麼，低頭看著秦書淮，含著笑道：「王爺倒是深情。」

「是啊，」江春一根一根板著秦書淮的手指，艱難道：「人都死了六年了，王爺還天天念著。每日吃飯要加一副碗筷，閒著沒事就給她買衣服胭脂水粉首飾，好像還活著一樣。公主啊……我們王爺這事上有點不理智，您別見怪。」

秦芃沒說話，她垂眸看著秦書淮，心裡說不上是什麼滋味。

秦書淮似乎被江春逼急了，他不知道是有意識還是沒意識，猛地睜開了眼睛。

那雙眼睛裡帶著水汽，清澈又焦急，就這麼靜靜看著秦芃，驟然開口。

「芃芃……」

看到秦書淮的眼神，剩下那句話，秦書淮沒有開口，秦芃也知道。

這樣的眼神她見過，那是很多年前，他們剛成婚，吵了一架，他來找她的時候。

那次是因為他讀書時太專心，將她最喜歡的小兔子弄丟了。這就罷了，還有臉同她爭執，她氣得發抖，便打算回宮去找趙鈺。

誰曾想這個人在她回宮後，就去找兔子。他找得急，外套都沒穿，等最後找到了，身上落滿了雪，雪又化作了冰。

他來宮裡找她，趙鈺攔著不讓見，結果這人就真的不走了，等秦芃知道他來了，才發現他已經在外面站了一個時辰。

她打開門的時候，這個人已經被凍得嘴唇青紫，可他還記得將小兔子放在懷裡，貼著自己的身子，怕將兔子冷著了。

他瑟瑟發抖，抬眼靜靜看著她，一向清澈平靜的眼睛裡，滿滿的全是她。

他聲音帶著抖意，卻還是那麼認真，一字一句道。

——芃芃，跟我回家好不好。

如今時隔十年，這句話又再次讓她聽見。

他說：「芃芃，跟我回家好不好？」

他說這句話時，神色語調與當年一模一樣，讓秦芃心裡鑽心得疼。

她一瞬間無法呼吸，她有那麼多為什麼想問，卻又發現這些問題她都有答案。

於是她只能含著笑，面色平靜開口：「王爺，您捏得我疼了。」

她不知道那人有沒有聽見，畢竟大家說了那麼多話，他都沒聽見。

可在說完這句話後，秦書淮卻彷彿明白了她的意思一樣愣了。

他呆呆地看著她，慢慢放開了手。

秦芃直起身來，從懷裡掏出帕子，面色平靜地裹上自己發青的手腕。而秦書淮閉上眼睛，直接昏死了過去。

秦芃含笑看向若有所思的衛衍：「小叔，走吧？」

衛衍回了神，點頭道：「啊？哦。」

說著，就跟著秦芃離開。

而秦書淮深陷在夢境裡。夢境裡是趙芃當年在他懷裡，她抓著他胸前的衣衫，面上滿是痛苦。

「書淮……我疼……我好疼……」

他看著她的痛苦，她的絕望，卻無能為力。

他只能死死抱住她，眼淚落進她的衣衫裡。

「對不起……」

「對不起……」

他反覆開口，而那個人拚命掙扎。

她只有那麼一句話，如刀如劍，朝他揮砍過來，鮮血淋漓。

她說，書淮，我好疼。

秦芃跟著衛衍上了馬車，衛衍一進馬車就沒了人前的樣子，忙道：「嫂子，那個刺客呢？」

「你說的是哪個？」

「還不只一個？」衛衍愣了愣，明顯沒有想到。

秦芃從旁邊抱起暖爐，有些倦了：「只有一個刺客，以秦書淮的身手能被逼成這樣？」

衛衍沒說話，見秦芃看上去十分疲憊，便道：「嫂子先休息吧，餘下的事再說。」

秦芃低低應聲，衛衍沉默著看著秦芃。

這個人與以往不一樣，真的太不一樣了。

如果說當年是她隱藏了自己的光芒，但一個人真的能隱藏得這麼好，這麼毫無破綻嗎？而她又是為什麼要隱藏呢？

她的身手明顯是靠技巧，沒有任何底子，如果是為了隱藏自己，至於在明明知道如何習武的情況下，不打任何基礎嗎？

可是如果這個人不是秦芃，為什麼她的偽裝能如此毫無破綻，甚至連那麼隱祕的胎記都知曉？而且平時言談，對於過往記憶分毫不差，如果不是親身經歷，很難有這樣的效果。

衛衍琢磨著，時不時看秦芃一眼。在不能確定前他不敢多做什麼，畢竟秦芃如今也沒做什麼影響衛家的事。

秦芃醒來時，衛衍已經遮掩了所有情緒，笑著瞧著秦芃道：「嫂子醒了？」

「嗯。」秦芃起身來，揉著頭道：「我先去梳洗，今日勞煩小叔了。」

「應該的。」

衛衍送秦芃下去，下馬車時，秦芃瞧見街腳站了一個人，穿著一身素色長裙，彷彿在和人問路。

秦芃眼裡帶著笑。

白芷這人，來得還真夠快的。

她停在府邸門前，同來接她的春素道：「等會兒在後院擺個桌，我想在那裡彈琴。」

「唉？」春素愣了愣，但旋即想起，如今主子的性子不喜歡別人問為什麼，於是忙道：「是。」

一旁問路的白芷聽到了，朝著同她說話的人點了點頭，說了聲：「謝謝大爺了。」

說完便轉身離開了。

而秦芃進了屋中，梳洗過後便去了後院涼亭，此時亭中垂下帷幕，放了炭火，琴已經擺在桌上，茶點也放好，秦芃讓所有人退下守好院子後，就開始奏琴。

沒一會兒，一個白色的身影翻身進來，秦芃彷若不知，那人走過來，在帷幕後站了一會兒，隔著白紗看著裡面的秦芃。

看不清那人的身形，但不知道怎麼的，就覺得裡面那個影子，姿態與琴聲，彷彿和白芷記憶裡那個人一樣。

白芷心裡發酸。

當年說好她去齊國，過些年局勢穩定了，就回來看她。結果這個女人，居然一去不回了。

白芷閉眼輕嘆，用劍挑起簾子，走了進去。

琴聲沒有停歇，白芷來到秦芃身前，跪坐下來，將劍放到一旁。

「傷好了？」秦芃漫不經心。

白芷面色不動，卻是道：「妳打算除掉秦書淮，對嗎？」

「那是自然。」秦芃淡然開口：「如今我弟弟登基，他獨攬大權，若不出意外，等過些年他聲望漸起，阿銘怕是只有死路一條。」

白芷沉吟不語，似是在思考。

她是一個理智的人，從動機上說服白芷，效果比任何理由都來得好。

秦芃不慌不忙：「妳今日來，不就是想明白了嗎？」

「既然公主已經明白在下的意思，在下也就不再多說。」白芷抬起頭，面色中全是堅定：「在下手中有扳倒秦書淮的證據。」

「哦？」秦芃抬眼看向白芷。

白芷從懷中拿出一堆按了手印的紙來，冷靜道：「這是秦書淮當年指使他人殺害姜漪的供詞，當年姜漪在淮安王府被殺，我竊走了姜漪的屍體……」

聽到這話，秦芃手微微一抖，發出一個顫音。

白芷奇怪地看她一眼，秦芃停下彈琴，輕咳了一聲道：「妳繼續。」

原來自己的屍體居然被白芷偷走了……

白芷記下秦芃奇怪之處，繼續道：「姜漪的驗屍結果在這裡，她的屍體被我藏了起來，不過時間太長，如今只剩下白骨了，但是骨頭上的傷痕可以呼應我的說辭，上面劍傷的手法，的確出自於秦書淮手下一個叫陳邇的人。而當時姜漪身邊人的口供我也都錄下來了，最關鍵的人物，陳邇，也在我手裡。」

說著，白芷抬頭看著秦芃，認真道：「如今衛家軍隊尚在京中，可逼著秦書淮將他的軍隊撤走，等雙方軍隊撤走之後，宮中禁衛軍首領王秋實是張瑛的人，南城府軍首領柳書彥是一個遵循聖旨的古板之人，只要公主能看著刑部不動手腳，就能給秦書淮定罪。」

「定罪之後呢？」秦芃喝了口茶。

白芷鬼主意多，她對白芷的謀劃能力向來十分放心，問這麼一句，不過是為了接話罷了。

聽了秦芃的話，白芷抬手給自己倒了茶，笑了笑道：「定罪之後，只要進了天牢，他秦書淮有多少罪，還不是公主和張瑛一句話的事？」

秦芃輕笑起來。

白芷的話她明白，進了天牢，證據不過準備，口供屈打成招，酷刑全部用上，只要秦書淮認了罪，就是定了罪。

「姑娘怕是不太瞭解淮安王……」秦芃喝了口茶，慢慢道：「這世上誰都可以屈打成招，可秦書淮？你打死了，也不見得能讓他開口說一句你要聽的。」

秦書淮的倔強，她領教過太多次。

要是酷刑有用，當年他在宮裡，早就扛不住招供，那就沒有她趙芃的後來，更沒有秦書淮的如今。

北燕宮廷的酷刑，可比齊國新鮮多了。

秦芃的話讓白芷想了想，片刻後，她慢慢道：「的確……秦書淮不是這樣的人。」

「不過，這些姑娘不用操心，」秦芃放下茶杯，眼中帶著冷意：「這些事，我來就好。」

白芷似乎很滿意秦芃，笑了笑，舉杯道：「那在下恭候殿下佳訊。」

秦芃點了點頭，看向白芷，卻是問了一句不相干的：「本宮有個問題很好奇。」

「嗯？」

「您是玉陽公主身邊的紅人，玉陽公主作為淮安王第一任妻子，您為何不但不幫淮安王，還想殺他？」

白芷沒說話，她似乎不打算回答這個問題，秦芃便道：「姑娘見諒，是本宮冒昧……」

「他殺了她。」白芷驟然開口，秦芃動作僵住。

她知道自己是有缺失的，關於她死前的記憶，她只記得最後，但是之前的事，卻不太清楚。

有時候她也會想，這是不是誤會，可是最後一刻那種拚命掙扎的感覺卻印在她腦海裡，饒是經過了三輩子，她依舊記憶猶新。

秦芃垂下眼眸，遮住眼中神色：「姑娘的意思是，秦書淮，殺了玉陽公主？」

「嗯。」

「玉陽公主是他髮妻，他竟下得去手？」秦芃聲音裡似乎有些不敢相信：「而且如今他依舊念著……」

「貓哭耗子假慈悲！」白芷冷笑出聲：「他殺她，我親眼所見，還能有假？當年陛下身陷險境，他見公主沒了用處，又要在齊國站穩腳跟，和齊國姜氏立下協議後毒殺我主，公主死時我親眼瞧著，難道是我眼瞎嗎！」

白芷似乎有些控制不住情緒，聲音中滿是激憤，她握著茶杯的手微微顫抖，已經極力克制，然而所有的憤怒卻依舊在言語中爆開，激動道：「他如今念著公主記著公主，那是自然，他們自幼相識結髮夫妻，親手殺了自己的愛人，他能不記掛一輩子嗎？可這又如何，再多的掛念也掩蓋不了他做的骯髒事！我不會原諒他……我絕……」

話沒說完，白芷就感覺手背上覆上了一股暖意。

一雙素白的手覆在她的手背上，那手不像習武的人，沒有繭子，光滑柔軟，帶著溫暖和安定。

白芷呆呆抬頭，就看見秦芃瞧著她，眼中是安撫和心疼。

那神色和她記憶裡的人太像，白芷也不知道怎麼了，她明明不是這麼多愁善感一個人，卻在觸及到對方眼神那一刻，眼淚驟然落下。

「別想了。」秦芃溫和了聲音，看著這打小被她看作妹妹一樣的姑娘，慢慢道：

「或許……她還活著呢？」

這話讓白芷驟然清醒，她安定下來，神色慢慢趨於平靜。

「她死了，我看著的。死了就是死了，不可能再活過來。」白芷低垂眼眸，撫上自己腰間一個繡得特別醜的香囊，沙啞著聲道：「我不信鬼神，那不過是別人用來騙人的把戲，人得往前走，我沒這麼軟弱。」

「我既然活著，」白芷抬起頭來，眼中全是堅定：「便一定不會讓她白死。」

「我明白了。」秦芃嘆息出聲：「姑娘放心，妳我目的一致，我必然竭盡全力與姑娘合作，」說著，秦芃舉杯，面色鄭重：「共謀大業。」

第十章　太傅之爭

「有公主這句話，在下便放心了。」白芷抿了口茶：「如今多有不便，在下先行告辭。」

「明日去人市等我。」秦芃淡道：「如果不回北燕，不如先跟在我身邊。」

「好。」白芷應了聲，便退了下去。

等白芷走了，秦芃喝了口茶，從庭院裡走出來，回到自己屋裡。

這時候，老遠躺在樹上的衛衍睜開眼睛，看向白芷離開的方向，勾起嘴角。

他這個嫂子，還真是很多祕密。

第二日午時，秦芃去了人市那，白芷已經偽裝好了，秦芃挑挑揀揀，假裝什麼都沒看出來，將白芷買了回來。

進屋之後沒多久，衛衍便走了進來，含著笑道：「我聽說嫂子今日買了個人進府。」

「嗯。」秦芃看著書，面色平靜：「手裡缺用的人，怎麼了？」

「手裡缺可用之人，嫂子同我說啊。」衛衍橫躺到秦芃身邊，一手撐著自己腦袋，一手放在屈起的膝蓋上，含著笑道：「要能打的、聰明的或者好看的，我手裡多著呢，人市那種地方，能遇到什麼好的？」

聽到這話，秦芃含笑抬眼。

「怎麼，」秦芃直接道：「衛將軍如今對我還有疑慮？」

衛衍面色一僵，沒想到秦芃如此敏銳，片刻後，衛衍笑了笑：「哪裡，我就是問問。」

說著，他垂下眼眸：「嫂子多心了。」

秦芃不想和衛衍在這件事上糾纏，她知道衛衍是個七巧玲瓏心的。要打消他的疑慮，必須要他自己想明白。於是秦芃換了個話題道：「你如今露了面，可以去找張瑛了吧？」

「嗯？那是自然。」衛衍點點頭，想了想明白道：「妳想讓我去找張瑛說秦書淮退兵的事？」

「他的兵一直在這裡，不是個事兒。」秦芃敲著桌子，認真思索著：「你的兵也不能一直在城裡，可他不退，你就不能退。」

「我明白妳的意思。」衛衍思索著：「我等會兒就去找張瑛。」

兩人說著話時，秋素走了進來，恭敬道：「公主，太后娘娘請您過去。」

「請我過去？」秦芃抬起頭，皺眉道：「可說是什麼事了？」

「娘娘沒說，就是讓您過去。」

看來是沒什麼大事。

秦芃點點頭，淡道：「給報信的公公一些碎銀，讓他稍等，我即刻便去。」

和秋素說完，秦芃便去換了衣服，而後帶著白芷跟著人進了宮裡。

一進宮中，便看見李淑抱著秦銘在哭，見秦芃來了，李淑立刻起身道：「妳可算是來了，妳還記得我和妳弟弟嗎！」

「您這是怎麼了？」

秦芃皺起眉頭，對於這個婦人，她真是半點尊敬都有不起來。

李淑一聽這話就落了眼淚，將秦銘拉扯過來：「妳這麼久都不進宮一趟，我和阿銘就算被人欺負死妳也不管了吧？」

「母親，」秦芃壓低了聲音：「您是太后，是太后就要有太后的氣度，宮裡宮規寫得清清楚楚，誰犯了事，宮規如何寫您如何處置，便就是打死了也沒人說您什麼，這樣哭哭啼啼，像什麼樣子！」

「而且，退一步說，」秦芃吸了口氣：「我是公主，您是太后，論品級論地位都是您比我高，怎麼還有您被人欺負我來管事的道理？」

「好啊，妳大了，翅膀硬了，就這樣擠兌我，」李淑聽著這話，蠻不講理撒起潑來，抱著秦銘就道：「我是太后，可誰把我放在眼裡了！讓妳當鎮國長公主是為了什麼？妳當初又是如何說的？妳說妳要護著銘兒，護著我，如今妳當上鎮國長公主了，便不作數了！我這個太后算什麼啊……」

李淑哭哭啼啼鬧起來，秦芃腦子被她鬧得發暈，揉著腦袋跪坐到一邊，明白和這人是說不清楚的，便乾脆繞開了話題道：「您別鬧了，到底發生了什麼事？」

「銘兒被打了！」

李淑拉起秦銘的手，上面青一條紫一條，的確是被打了。

秦芃眼神瞬間冷了下來，抬頭看向一直悶著頭不說話的秦銘，冷著聲道：「誰打的？」

秦銘不敢說話，李淑立刻道：「還有誰？太傅唄！一大把年紀了，還欺負一個孩子，更何況銘兒是皇帝了，他也敢下手，我看他就是造反！謀逆！」

聽李淑的話，秦芃臉色好了很多。

如今秦銘剛剛登基，她還沒來得及給他挑選老師，秦銘現下還小，老師格外重要，她本來都忘了，如今剛好提上日程來。

孩子讀書，大多是要被打的，可秦芃不喜歡對孩子管得太嚴的老師，因為以前北燕宮廷的夫子都不太喜歡她，可她覺得自己還是成長得挺好的。

秦芃將秦銘召過來，看了傷口，平淡道：「他為什麼打你？」

秦銘沒敢說話，秦芃笑了笑，溫和道：「你說出來，姊姊不會怪你。」

「我……上課打盹。」

「為什麼打盹？」

秦銘不說話了，秦芃想了想：「你是不是晚上偷偷出去玩了？」

「沒有！」秦銘焦急出聲。秦芃挑眉：「那是為什麼？」

「我……我……」

「陛下掛念殿下，」旁邊一位侍女終於開口，小聲道：「陛下聽聞殿下墜崖，夜不能寐，後來又聞殿下回來，一直掛念著殿下為何不進宮來……」

秦銘不掙扎了，他紅著眼，低下頭，彷彿受了莫大的委屈。

秦芃愣了愣，沒想到秦銘居然是為了這個。

她驟然柔軟下來，心裡暖暖的，她抬手揉了揉秦銘的腦袋，轉頭看著那侍女道：「妳叫什麼名字？」

「奴婢雙燕。」

「嗯，」秦芃點了點頭：「平日是妳貼身伺候陛下的？」

「是。」

那侍女跪在地上，十分忐忑，秦芃打量著她，見對方神色坦蕩清澈，點了點頭，繼續道：「這話妳同太傅說了嗎？」

「說了……」

「太傅如何說？」

「太傅說……」雙燕有些猶豫。

秦芃往身後靠椅上一靠，懶洋洋道：「但說無妨。」

「太傅說陛下，猶如婦人爾。」

聽著這話，秦芃含笑不語，但眾人都覺得氣氛冷了下來。秦芃抬手端起茶杯，抿了一口，點了點頭。她抬頭看向白芷，給了白芷一個眼神，白芷立刻了然，退了下去。秦芃這才轉頭，看向李淑旁邊的大太監道：「太傅如今在何處？」

「應在翰林院辦公……」

那太監應了聲，神色頗為忐忑，秦芃二話不說，站起身來，便直接朝著翰林院走去。

「唉？妳去哪兒！」李淑站起來，著急道：「銘兒妳不管了？」

「管！」秦芃朗聲道：「我這就去管！」

說著，秦芃消失在李淑視線中。

春素、秋素緊跟在秦芃後面，看秦芃走得風風火火，腳步又穩又快。

秦芃一路走到翰林院內，此時翰林院中人來人往，秦芃進了屋中，直接道：「太傅大人何在？」

聽了秦芃的聲音，大家都愣了愣，旋即有人反應過來，立刻叩首道：「見過公主殿下。」

「太傅呢？」

「微臣在。」一個白鬚老者從人群中抬起頭來。

秦芃打量著他，他恭敬跪著，面上剛正不阿，秦芃點了點頭，同他道：「你過來。」

老者皺了皺眉，還是站起來，跟著秦芃走到隔壁的茶室。

進屋之後，秦芃坐下來，同老者道：「太傅請坐。」

「不敢。」老者警惕地看著秦芃：「有什麼事，微臣站著回話便是。」

「本宮今日來，是為了一事，聽聞太傅打了陛下，可有此事？」

聽了秦芃的話，老者眼中閃過不屑，面上卻是恭敬道：「確有此事，可殿下只知其一，不知其二。」

「願聞其詳。」秦芃點點頭。

那老者道：「昨日微臣給殿下講學，殿下卻在課上睡了過去，陛下如今尚且年幼，若凡事都依著他的性子，長大又如何學得會自律，學不會自律，又如何當一位明君，一位聖主？」

「太傅說得是。」秦芃點著頭，表示贊同。

老者掃過秦芃，帶著濃重的不屑和嘲弄，彷彿在用眼神說著，「秦芃是個女人，應該十分好糊弄」一般。

春素、秋素看得氣極，但又不敢上前，秦芃含著笑瞧著太傅，聽著那人繼續道：「打盹雖然事小，但發生在陛下身上，那便是大事。老朽雖是臣子，卻也是陛下的老師，只能冒大不敬之罪，給陛下小小懲戒，殿下應該能理解老朽一片苦心吧？」

秦芃沒接話，這時候，白芷走了進來，手裡捧著一堆紙張，恭敬地放到秦芃面前。

「殿下，就這些了。」

秦芃點點頭，正要說什麼，就聽外面傳來一個清朗的男聲，冷淡道：「在做什麼，這麼熱鬧？」

白芷豁然抬頭，秦芃也跟著白芷一起，含笑看去。

卻是秦書淮站在門口，身著湖藍色長衫，外披白狐大氅，面色平淡地看著白芷和秦芃。

他將目光落到白芷身上，神色平靜，彷彿毫不意外，點了點頭，卻是道：「好久不見，白姑娘。」

秦芃將白芷收在身邊，也沒想過要偷偷摸摸。

白芷會在她身邊，秦書淮應該不覺得一般，簡單來講，這個事就是，你當年幹過什麼，心裡沒點數嗎？

然而秦芃還是要假裝毫不知曉兩個人的關係，含著笑道：「怎麼，攝政王認識白姑娘？」

秦書淮點點頭，似乎不願意在這件事上多言，換了個話題道：「公主今日來翰林院做什麼？」

秦書淮沒糾纏這件事，秦芃倒是有些詫異。她原本以為，秦書淮多少要問一問這件事的，至少應該問一句，身為北燕承恩侯的妻子，為什麼會出現在這裡。

然而秦書淮卻完全沒問，彷彿不想為難她們一般，轉頭問起了現下的事情。

於是秦芃想起來，如今的太傅是秦書淮的人，她來找太傅麻煩，應該早就報給了秦書淮，他可能正在宮裡處理政務，便趕了過來。

身受重傷仍舊身殘志堅堅持工作，秦芃為秦書淮的敬業程度感到驚嘆，她是那種能偷懶就偷懶的人，要是她的腿摔斷了，一定要躺著靜養上好幾日才行。

她眼中又憐憫有敬佩，秦書淮皺了皺眉頭：「公主？」

「哦，是這事兒，」秦芃回過神來：「我在同太傅說陛下學業問題呢。」

秦書淮點了點頭，從門口推著輪椅進來。這時秦芃才發現，翰林院的門檻已經被拆掉了。怕是昨日讓人連夜拆的，方便秦書淮進出。

秦書淮被人推著到秦芃身側，今日江春不在，是陸祐當值，秦芃左顧右盼，覺得如今是刺殺秦書淮的絕好機會……開玩笑的。

按照秦書淮的身手，除非衛衍在，不然腿斷了也打不贏他。

「繼續吧，」秦書淮停在秦芃身旁，從陸祐手裡拿過茶，淡道：「我一同聽著。」

秦芃笑了笑，低頭理了一下，秦書淮側眼看她，見陽光斑駁落在她身上，白芷安靜站在她後面，她嘴角噙著笑意，彷彿狐狸一般不懷好意的樣子。

如果不是那張臉差別太大，秦書淮幾乎要覺得，是趙芃坐在他身邊。

趙芃想要懲治人，就是這副模樣。

「太傅是大同三年的進士。」秦芃含笑說著。

太傅跪著，不太明白秦芃提及這個做什麼，恭敬道：「是。」

「大同年間咱們齊國真是人才輩出，那時國教未立，百家爭鳴，太傅那時候的師父是誰來著？」秦芃提問，太傅心中陡然一緊，秦芃的指尖在卷宗上滑到一個名字，溫和道：「當年的華宗清大人，我記得這位大人可是一位十分激進的，他曾著文評判世家制，言天下人皆同等尊貴，甚至對陳勝一事十分讚賞……」

「公主偏頗。」太傅聽到這裡，察覺不對，立刻開口：「華大人當年文章之意……」

「太傅果然是好學生，」秦芃嘆了口氣：「華大人過世多年，卻仍舊願意為他說話。」

聽到這裡，太傅不敢再說了，他僵著臉色，一時進退兩難。

華宗清當年著文之後，被人逐字逐句拿出來批駁，當夜自盡。平民百姓以為華宗清是自殺，然而作為華宗清的門生，太傅卻清楚知曉，當年這位老師之死，是為了避禍。當年他若不自殺，這篇文章必然會查下去，到時候身為華宗清的門生，仕途就毀了。

華宗清也知曉此事，所以早早自殺。此案便了了。

如今這麼多年過去，朝中人來來往往，大家都忘了，結果不想這位公主居然知道得這麼清楚，開口就撞在他的軟肋上。

「王侯將相寧有種乎……」秦芃笑著開口，看著太傅：「太傅覺得，這話說得對嗎？」

「自然是……不對。」太傅艱難開口。

秦芃接著道：「是啊，人理倫常，君君臣臣父父子子，若是生來就是一樣的，陛下又為何是陛下呢？太傅說是吧？」

「是……」

此時太傅雖然不明白秦芃到底要做什麼，但危險卻已經逼近了他。他直覺不對，冷汗從頭上流了下來。

聽了太傅的話，秦芃將手中卷宗猛地砸了過去：「既然明白這個道理，誰給你的膽子向陛下動手的！」

說著，秦芃怒喝：「你當你的太傅，就真忘了自己當臣子的本分嗎？怕你是學了華大人精髓蟄伏多年，還打算再寫一篇〈王侯賦〉吧！」

「臣不敢！」

一番軟硬兼施下來，太傅早已慌了神。

此時他根本不敢忤逆半分，華清宗之事懸在他腦袋上，就像一把隨時會斬下來的劍。他根本不敢再多說什麼，任何的辯解都可以被秦芃說成是他維護華清宗，如今他說什麼都不對。

爭執向來如此，道理不重要，立場才是最重要的。秦芃先站在了高地上，無論太傅如何辯解，也無論真相如何，華清宗的弟子，就是太傅的原罪。而太傅所堅持的儒道作為國教，就是太傅的枷鎖。

太傅在地上冷汗涔涔，秦芃卻將情緒收了回來，含笑看著秦書淮道：「攝政王。」

「嗯？」秦書淮低頭瞧著手裡的摺子，彷彿沒把剛才的事情放在心上。

秦芃內心冷哼，覺得秦書淮真是個假正經，明明豎著耳朵聽完了所有事，還裝作「我不在意，我不關心」的樣子。

可是秦書淮要裝，她也只能裝下去，繼續道：「我覺得，太傅年事已高，大概不太合適當太傅了，您覺得呢？」

秦書淮不語，抬眼看著秦芃，太傅慌忙道：「臣請辭！臣年老昏聵，不適再當太傅，還請攝政王、長公主恩准，臣請辭歸鄉！」

太傅一面說，一面磕頭，磕得「砰砰」作響。

秦芃的話他是怕的，華清宗當年連夜自殺，可見此事之嚴重。太傅心裡清楚，以秦芃的性子，這把柄在她手裡，哪怕今日秦書淮護住了他，早晚他也要死在這事兒上。

「太傅，停下。」

秦書淮抬眼看向太傅，對方這才停住了動作，跪在地上，眼眶泛紅。

秦芃看得也有些不忍，靜靜等著秦書淮，看他要說什麼。

不曾想，秦書淮卻是道：「太傅的確年邁，是該頤養天年，只是本王有一事很是疑惑。」

說著，秦書淮抬眼，眼中平靜中帶著打量：「華大人當年自殺一事，鮮有人清楚，所寫文章，也僅有少數人閱覽。原著被北燕皇室帶走，儲藏於北燕藏書閣中。公主如今年不過二十五歲，不僅知道文章名字，還清楚知道文章內容……」

話說到這裡，秦芃心裡咯噔一下，頓時緊張起來，便聽秦書淮道：「到不知殿下是從哪裡看到的文章，莫非公主還認識北燕的人？」

打蛇打七寸。

方才秦芃在華宗清之事上占了上風，懷疑太傅是想實踐華宗清的理論。秦書淮便直接懷疑她是和北燕有過接觸，如今白芷就在她身後，秦書淮要是再直接驗出白芷北燕人的身分，秦芃真是有口都說不清了。

如何爭論贏一個人？

不是和她講道理，也不是告訴她之前的事對與不對，而是立刻開闢一個新的戰場，直接給她一個新的罪名。

良。

如果她被秦書淮打成了北燕奸細，一個心懷不軌的人說的話，那必然是為了殘害忠

秦芃知道秦書淮的想法，簡直想為秦書淮鼓鼓掌。

可秦書淮話說到這裡沒再說下去，也沒指出白芷的身分，其實就是不想在這件事上糾纏下去。他放她一馬，她放太傅一馬。

秦芃含笑看著秦書淮，慢慢道：「原來曾在一位先生那裡看到過，不過那時候年幼，理解上怕是有誤差，也可能是我誤會太傅。」

秦書淮點點頭，太傅頓時鬆了口氣，秦書淮卻出乎所有人意料，接著道：「不過太傅大人如今的確年邁，近日先請太傅再教授陛下一段時間，等尋到合適的人，再請太傅回鄉頤養天年？」

說著，秦書淮抬眼看向太傅，神色平靜：「太傅以為如何？」

太傅愣了愣，他呆呆地看著秦書淮，對方眼裡彷彿含著千言萬語，他慢慢道：「太傅放心，我秦書淮在一日，便必保證太傅有應有的尊重。」

聽到這話，太傅紅了眼。

他堅持在朝堂至今，早已不是為了什麼情懷夢想，只是有些位子，你上去了便退不下來，退下來就是萬劫不復。

秦書淮的意思他明白，秦芃盯上了他，他把柄太多，繼續留下，若秦芃是個狠心的，

怕是不得善終。

如今他讓他退下去，便是最大的保護。

太傅感激叩首，秦芃撇了撇嘴，對秦書淮收服人心這一套，她向來是佩服的。

秦書淮讓太傅退下去後，房裡就剩下他們兩個人，秦芃抱著暖爐，含著笑道：「太傅的位子，王爺心中可有人選？」

「看樣子，公主心中是有人選。」秦書淮抬眼看她。

秦芃笑了笑：「我是有人選，倒不知道王爺肯不肯呢？」

「合適自然就該擔任，這不是我決定的。」

秦書淮將杯子放到下人手裡，陸祐推著秦書淮便離開了去，秦書淮走幾步，突然回頭：「殿下不走？」

「嗯？」

「送妳回去。」

秦芃：「……」

肯定有鬼！

不過秦書淮邀請她，她自然不怕，帶著白芷跟上秦書淮，秦書淮瞧著秦芃走路，抬手止住陸祐，同秦芃道：「妳推。」

「什麼？」秦芃愣了愣，陸祐也愣了，秦書淮瞧著秦芃，再次重複：「妳推。」

「憑什麼？」秦芃完全不能理解秦書淮在想什麼。

秦書淮面色平靜，淡道：「我這腿怎麼斷的？」

秦芃：「……」

不知道為什麼，她有些心虛，小聲道：「我推就我推……」

說著便擠開了陸祐，陸祐猝不及防被她撞開，她手放在輪椅上，彎了腰，覆在秦書淮耳邊，小聲道：「王爺，您可要坐穩了。」

「還要不要解藥了？」秦書淮在她準備報復前一刻開口。

秦芃動作僵住，這才想起來她被秦書淮餵了藥，她咬了咬牙，擠出笑容來：「王爺你隨便坐著，坐舒服些，我推得可穩了。」

秦書淮背對著她，嘴角微微揚起，沒有說話。

秦芃內心咒罵著推著他往前，旁邊的人都識趣，離他們一大截。

這日天氣很好，風和日麗，秦書淮眺望著遠方，淡道：「沒有多少日子，天就該暖起來了。」

秦芃不接話，她隨時提防著秦書淮，覺得秦書淮肯定要找她麻煩。秦書淮卻是說著不相干的事，慢慢道：「北燕的春天來得晚，天要暖起來，還要兩個月吧。」

豈止兩個月？

秦芃內心哼哼，北燕的冬天走得可晚了。然而她沒想完，秦書淮又道：「是我記錯了，不是春天來得早，是她總是給我送炭火過來。」

秦芃有些茫然，想了想才明白，秦書淮是說冬天她給他送炭火的事。

北燕宮廷裡的炭火都是按照品級來分的，秦書淮這樣的質子，是沒有炭銀的。而每一年炭銀錢都是在初春發，於是秦芃每一年都是先用上一年的，等發了炭銀錢，就給秦書淮送過去一些。

秦書淮不說，她都不記得，原來自己也對他這麼好過。

一想自己當年對他這麼好，秦芃就覺得不滿，看著旁邊宮道懶得搭理他。

秦書淮似乎也覺得一直和她說著過往沒意思，詢問道：「華大人的事，殿下真的是這麼想的嗎？」

「如何想？」

「華大人，」秦書淮抬頭瞧著秦芃，目光裡帶著審視：「殿下真的覺得，他該死嗎？」

秦芃沒說話，片刻後，她低頭笑起來：「王爺，您知道我內心裡，一個國家應該是怎麼樣的？」

「怎樣？」

「應該是，每個人能夠開口說話，無論他說什麼，他可能說得不對，但不能因此而死。」

「時局在變，人也在變，今日你覺得對的，或許明日就是錯的。這時是對的，之後便是錯。華大人是對是錯，我不知道。」

「我只知道，因為他的言論不合人心意就要讓他閉嘴，就要處死他，這不對。」

聽著秦芃的話，秦書淮垂下眼眸：「方才若我不阻止，妳打算逼死太傅嗎？」

這話其實註定得不到真實答案。

秦書淮明白，他和秦芃身為政敵，秦芃又怎麼會給他真的答案？

然而他卻問了出來，出口的時候甚至隱約覺得，只要這個人說了，他就是信的。

秦芃笑了笑，眼裡帶著些滄桑：「我若說我不會，殿下信嗎？」

秦書淮沒說話，秦芃掩嘴笑起來：「開玩笑的，秦芃就是個小人，能達到目的……」

「我信。」秦書淮開口，似乎深思熟慮過。

秦芃愣了愣，秦書淮看著她：「妳雖是個小人，但也算得上坦坦蕩蕩的小人。」

「我認識一個人，」秦書淮眼裡有了懷念：「她也和妳一樣，看上去惡毒狡詐，但其實她這個人……又比太多看上去的正人君子，有底線太多。」

「那是你認識的人。」秦芃冷下臉來。

秦書淮繼續道：「妳也是這樣的人。」

秦芃不再說話了。

她也不知道怎麼的，覺得心裡酸酸的。

她覺得秦書淮這個人，年少時不太愛說話，如今話多起來了，就學會戳人心窩子了。

秦書淮似乎察覺到秦芃的情緒，他安靜下來，兩人靜靜往前，卻沒有尷尬，彷彿早就習慣如此，雖然沒有說話，卻彷彿一直在交談。

秦芃推著秦書淮到了馬車上，秦書淮真的按照他所說，送秦芃去了家裡。

等她到了衛府，秦書淮淡道：「妳算好日子，還有二十日，妳得來找我拿一次解藥。」

「你！」

秦芃豁然回頭，秦書淮靜靜瞧著她，那目光冷淡平靜，讓秦芃瞬間泄了氣。

她艱難地笑起來，揮了揮手：「殿下，您走好啊，路上別磕著碰著，您這腿澈底廢了，多不好啊。」

秦書淮聽著她的詛咒，勾起嘴角。

那笑容彷彿瞧看透了她一般，合著他那俊美的面容，看得人心頭突突跳起。

秦芃被美色所惑愣了愣神，秦書淮放下車簾，便收回身去。

等馬車走了，白芷站在秦芃後面，一針扎在秦芃屁股上。

秦芃尖叫出聲，轉頭怒吼：「白芷妳瘋了！」

「我這是提醒妳，」白芷冷笑：「被他這張臉騙了的女人多得去了，我怕妳步了她們的後塵。」

秦芃：「……」

白芷說得對，她快了。

白芷看著她心虛的樣子，眼中簡直帶著殺意，繼續道：「而且，我看別人覺得他好看，就覺得噁心，忍不住想扎她。」

秦芃：「……」

白芷冷哼一聲，轉身就走。

秦芃深吸了口氣，她理解，她這樣美麗聰明完美的人，死後必然造就一大批人的變態，比如白芷。

一定是因為失去她，所以白芷變態了。

以前多麼溫柔可人聰明機智的小姑娘，現在變得如此凶狠，說扎就扎，毫不手軟。

秦芃想去捂屁股，又覺得捂著屁股走路太難看，咬了牙，便堅持著扭著腰走上去，她看著白芷冷淡的神色，突然想起一件事。

「白芷。」

「嗯？」

「妳不會喜歡秦書淮……」

話沒說完，白芷就拔劍了。

秦芃倒吸一口涼氣，趕忙舉起手來：「我開玩笑的。」

「別開這種玩笑，」白芷眼中全是冷色：「我噁心。」

「好好好好。」

秦芃拚命點頭，白芷這才收了劍。秦芃靠在牆上，見沒有人注意她，捂上自己撞在牆上的屁股。

過了一會兒，她又扭著追了上去，抓住白芷的肩，認真地看著她。

「白芷我鄭重問妳個事兒。」

「嗯？」

「妳會這樣對趙芃嗎？」

白芷愣了愣，沒想到她會這麼問，秦芃咽了一下口水，用了很大的勇氣，小心翼翼同白芷道：「我說如果……是如果，趙芃還活著，她出現在妳面前，妳會怎麼樣？」

白芷認真地想了想，隨後她很嚴肅地告訴秦芃。

「我會活剮了她。」

秦芃呆了，白芷甩開她，轉身離開了。

她縮了縮自己的脖子，覺得，還是不要告訴白芷比較好。

畢竟白芷一直是一個言出必行的人，打小就是。

白芷回了房間，秦芃也回了自己的房間。等到晚上白芷來找她，扔了一大堆卷宗給她道：「我給妳物色了一些適合的太傅人選，妳心裡有個底。」

秦芃低頭翻看著卷宗：「妳按什麼標準挑的人？」

「和秦書淮有仇的。」

秦芃：「……」

她覺得她這個組織該叫復仇者聯盟。

在她開口前一秒，白芷知道她的意思，繼續道：「當然也是才能出身官階都相對匹配的。」

秦芃點點頭，覺得這才算合適。

等第二日早朝，秦芃去了。

如今朝廷裡總算安穩了下來，於是這一日成為了新朝第一次正兒八經的早朝。標誌就是，鎮國長公主秦芃，終於走到了朝堂之上。

秦銘坐在前面，秦芃就在邊上設了一個簾子，隔著簾子看著眾人。而秦書淮在秦芃對面，安然端坐著。

按理來說秦書淮該站著，然而他腿斷了，只能拿了這樣的特權。不過得到這樣的特權後，秦芃覺得，秦書淮這輩子可能站不起來了。

至少在朝廷上是站不起來了。

朝中先是日常彙報了各地的情況，然後就開始說一說今日爭執的問題。秦芃是第一日上朝，便安靜聽著，不多說什麼，而秦銘就像一個人偶一樣，坐在皇位上緊張得一動不動。

將各種大事商議完後，太傅站了出來，提了辭呈。

秦書淮讓人將辭呈交上來，淡道：「太傅大人年事已高，的確是到了含飴弄孫的時候了。但不知太傅離開，對自己這個位子可有舉薦？」

「微臣的確有一個人選。」太傅立刻接話，秦芃不由得冷笑，太傅是秦書淮的人，他舉薦的人，自然也是秦書淮的人。

秦芃扭了扭身子，斜靠在扶手上，靜靜聽著太傅叫出一個人的名字：「柳書彥。」

聽到這個人，秦芃倒是頗為意外。

柳書彥是如今南城軍的統帥，他柳家一貫只按規章辦事。

也就是說，柳家從來不捲進任何鬥爭，誰是皇帝，他們聽誰的。

然而如今太傅提柳書彥，莫非柳書彥是秦書淮的人？

一想到柳書彥是秦書淮的人，秦芃就有些坐不住了。

如今秦書淮在張瑛要求下已經退兵了，為此衛衍也將自己的兵力撤退了出去，禁衛軍是張瑛的人，如果南城軍是秦書淮的人，也就意味著她衛家如今是一點兵力都沒有在宣京。

秦芃思索著柳書彥和秦書淮的關係，這時秦書淮問眾人道：「諸位以為如何？」

「老臣覺得，」一直站在一旁的張瑛開口了，所有人的目光都被吸引過去，張瑛面色冷淡道：「柳大人為武將，不妥！」

秦書淮點點頭，似乎也不打算太過干涉：「那其他大人覺得如何？」

問了這話，朝中一時議論起來，張瑛的人和秦書淮的人互相掐著，就著柳書彥掐來掐去。秦書淮泰然自若聽著，似乎毫不關心，秦芃琢磨著，等吵了一會兒後，張瑛突然道：「各位大臣不要爭執了，不如問問長公主的意思如何？」

說著，張瑛就瞧向秦芃。

張瑛的眼神裡有警告，同秦芃慢慢道：「長公主殿下，老臣在朝中侍奉三朝……」

「有話說話，」秦書淮打斷他，抬眼看向張瑛：「張閣老三朝元老勞苦功高這些事大家都曉得，不用同長公主強調。」

聽秦書淮的話，秦芃差點笑出聲來。

秦書淮這個人罵起人來從來不客氣，但他不太罵人，可見這個張瑛的確讓秦書淮覺得很煩了。

張瑛被秦書淮搞得有些尷尬，秦書淮微微側頭：「殿下？」

「本宮覺得，」秦芃回了神，輕咳了一聲道：「既然爭執不下，大家不妨辦個擂臺如何？」

「擂臺？」張瑛皺起眉頭，似乎不是很滿意。

秦芃笑了笑：「既然是陛下的太傅，自然要選賢與能，不妨由張閣老、攝政王和本宮各自選一個人出來，三人設擂，誰若能拔得頭籌，誰便是太傅，如何？」

在場安靜了一下，所有人沉思了一會兒，秦芃看向秦書淮：「王爺？」

「本王無異議。」

「張閣老？」

「這……」張閣老猶豫了一下，謹慎道：「不知公主心裡可有人選？」

秦芃想了想，腦中閃過昨晚白芷給她的人，最後定了一個：「翰林院編修，王珂。」

聽了這個名字，張瑛放心了許多。不是什麼有能耐的，他自然覺得很是穩妥，於是點頭道：「倒也是個主意，那就如此定下吧。」

於是這事兒就這麼定下，等下朝之後，秦芃歡天喜地準備回去吃糕點，沒走幾步，就聽見身後傳來不太友善的聲音：「公主留步。」

秦芃聽出是張瑛的聲音，她回了頭，看見老頭朝她走了過來。

秦芃直覺對方眼神不善，她含笑立著，同張瑛道：「張閣老。」

「公主，」對方將目光移到一旁，雙手攏在袖中，冷淡道：「老臣專程來找妳，是想同公主說幾件事。」

「您說。」秦芃含笑靠在牆上。

張瑛慢慢道：「老臣年長公主些歲數，人說四十而不惑，五十而知天命，老臣不敢說自己懂太多，但還是能教導公主一二的。今日老臣所說，句句肺腑，都是為了公主日後做打算，還希望公主能夠銘記。」

「其一，作為婦道人家，就應守婦德婦音婦容。之前老臣聽說公主為衛將軍守寡十年，十分贊許，也曾見過公主，當時公主堪稱婦人表率，公主日後照舊即可，無需因成為鎮國長公主而有所改變。例如此時，站有站相，公主這樣站著，是沒了骨頭嗎！」

秦芃聽了這話，輕咳了一聲，直起身來，抬手道：「您繼續。」

「其二，公主雖為鎮國長公主，但這不過是太后對公主的憐愛。公主要時刻謹記，牝雞司晨，有損國運。婦人見識淺薄，若處理國事，怕為國家招致災禍，日後朝堂之上，還請公主慎言。」

秦芃沒說話，她思索了片刻後，抬頭道：「我明白了，張閣老是覺得，今日我沒聽您的話？」

「是您沒說您該說的話！」張瑛冷著臉：「秦書淮居心叵測，殿下，張瑛赤膽忠心，對先皇忠心耿耿，秦書淮為靖帝之子，狼子野心，公主您該清楚站哪邊。」

「可是，」秦芃笑了笑：「張閣老說了，牝雞司晨，有損國運，本宮一介婦人，哪裡談得上站哪邊？不過就是想說什麼，便說什麼罷了。」

「那您什麼都別說！」張瑛未曾想秦芃有膽子這樣頂撞她，抬手便道：「四公主您怕是忘了是誰在護著您……」

「誰在護著她？」

秦書淮的聲音從張瑛身後傳來，張瑛回頭，秦芃就看到了坐在長廊盡頭輪椅上的秦書淮。

他身上還穿著紫色銀蟒紋路的官袍，頭頂玉冠，外面披著白色披風，手中抱著暖爐。陽光落在他身上泛著流光，讓他整個人身上彷彿籠罩了一層光暈，看上去如謫仙落塵，美不勝收。

張瑛臉色頓時有些難看，秦書淮沒理他，抬眼看著秦芃，淡道：「公主殿下，到我身邊來。」

秦芃想表示拒絕。

然而秦書淮那模樣太美好，讓她沒辦法拒絕。

最重要的是，此時此刻，所有能氣死張瑛的事，她都想幹！哪怕是得意了秦書淮。

像張瑛這種老古板是秦芃這一生最噁心的存在。

於是秦芃故意能把腰扭多妖嬈就多妖嬈，從張瑛身邊一路扭了過去。

張瑛臉色變得很難看，秦書淮面色平淡，等秦芃走到他身邊了，他同張瑛道：「她是鎮國長公主，有天子護著，還要誰護著？」

張瑛沒說話，秦書淮勾起嘴角：「她是公主一日，身為臣子，自當竭盡全力護著她，本王如是，張閣老也如是，對嗎？」

「王爺言重了。」張瑛面對秦書淮向來有些不舒服，他轉身道：「老臣有事，告退了。」

說完，張瑛便轉身退開。等他走遠了，倚靠在輪椅上的秦芃低頭瞧著秦書淮，誇讚道：「秦書淮，你今日很俊哦。」

秦書淮抬起眼來，冷淡道：「站起來。」

秦芃冷哼出聲，直接掉頭就走。

秦書淮叫住她：「站住。」

「做什麼？」秦芃扭過頭，十分不滿。

「好好走路。」

秦芃：「……」

這個人和張瑛到底有什麼差別！

哦，他長得帥一點。

可這不能阻止秦芃對他這種行為的反感，她翻了個白眼：「你不是才說我是公主你是臣嗎。」

「我隨便說說妳也信？」

秦芃：「……」

了。

她突然覺得自己要對秦書淮改觀了，六年了，以前說話就臉紅的人也變成一個嘴炮了。

她對嘴炮秦書淮有一種畏懼之心，於是她決定，風緊扯呼，撤！

她擺擺手，轉身就走。

等她走遠了，江春推著秦書淮回去，笑著道：「王爺對公主似乎頗為上心？」

「江春。」

「嗯？」

「你覺得人會有轉世嗎？」

「嗯？」

江春瞬間警惕，他有點害怕了。之前秦書淮有段時間問過他這種問題，結果就搞了一堆神婆在家裡來跳大神之類的，還抱了好多孩子來給他認是不是趙芃，最後……秦書淮被捅了一刀。

所以對於秦書淮這種想法，江春覺得很害怕。

在他想要勸阻秦書淮的時候，秦書淮突然道：「算了，不可能的。」

江春舒了口氣，秦書淮又道：「但是白芷站在她身後的時候，我總覺得……太像了。」

秦書淮靠在椅背上，神色有些茫然：「就像她還活著，在我旁邊，一樣。」

江春沒說話，他心裡有些難受。

他看著抱著暖爐發著呆的秦書淮，突然覺得，秦芃的出現，或許是件好事。

「王爺，」他忍不住開口：「要不然娶了長公主吧？她和夫人那麼像，您就把她當成是夫人！您不能在回憶裡一直出不來，人得往前走，往前看，好歹，您要留一個小王爺啊！」

聽了這話，秦書淮笑了笑。

他笑容裡滿是懷念。

「江春。」

「王爺？」

「她要是知道我把別人當成她，會生氣的。」

「趙芃就是趙芃，別人再像，也替代不了。」

「如果你愛過一個人，就會知道，那個人獨一無二，在你的世界閃閃發光，讓你容不下第二個人。」

秦芃開心出了宮，剛出宮門，上了馬車，就看見白芷在裡面端坐著等著她。

秦芃嚇了一跳，同白芷打著商量：「妳下次能不能別把自己搞得像個刺客一樣，好好當妳的婢女不好嗎？」

「我聽說妳選了王珂去打擂臺？」白芷喝著茶，比她這個主子還主子。

秦芃坐到白芷對面去，給自己倒了茶，點頭道：「嗯，不妥？」

「沒有，很合適。」白芷點點頭：「只是我有一點疑惑，秦書淮選的為什麼是柳書彥？」

秦芃也很疑惑這個問題，想了想，她決定去找陸祐。

秦芃等了兩日，到了月初五，她和陸祐約好，每個月初五到那個酒樓等他。

秦芃早早進了酒樓，在柳樹上給陸祐留了記號。沒過多久，陸祐就來了，秦芃斜躺在小榻上，一手撐著腦袋，一手放在身上打著盹。

陸祐進來，見著秦芃先行了個禮，秦芃是一個人來的，房間裡就剩他們兩個，陸祐恭敬地退到一旁，低著頭，不敢看秦芃。

過去姜漪已算是美貌，然而如今秦芃這張皮囊，更是豔驚大齊的頂尖美人。而趙芃則像一隻畫皮的狐妖，擁有著絕美的皮囊和來自於骨子裡的媚意，讓男人輕易不敢直視，就怕攝了魂魄。

「我有一件事想問你。」秦芃徑直開口。

陸祐低著頭：「小姐想問什麼？」

「柳書彥和秦書淮，到底是什麼關係？」

聽到這話，陸祐想了想，搖頭道：「不知。」

「不知？」秦芃愣了愣：「你這些年不是貼身侍奉……」

「是貼身侍奉，但是柳大人與秦書淮幾乎沒有交集，唯一的一次是董婉怡死的時候，柳大人打上門來。」

「啊？為什麼打？」

秦芃呆了，董婉怡死了，柳書彥打上門來做什麼？

「就，柳大人上門來，和秦書淮打了一架，然後就走了，屬下也不知是為了什麼。」

秦芃：「……」

這個柳書彥真是謎一樣的男人，不過這更證明了，柳書彥和秦書淮有著不為人知的關係，否則柳書彥不會這麼無緣無故打上門來。

秦芃認真想著，忽然想起一件事：「當初姜漪死後，是你收屍的嗎？」

「並沒有，事實上……」陸祐皺起眉頭：「小姐死後，我只來得及在停屍房見過一面，而後小姐的屍首不翼而飛，秦書淮命人尋著，只是一直沒能找到。」

秦芃點點頭，明白了這件事，秦書淮殺了姜漪之後，白芷確實偷走了姜漪的屍體。

「不過，」陸祐小心翼翼道：「老爺、夫人和少將軍一干人等，屬下還是安葬了。」

聽了這話，秦芃愣了愣。

她在姜漪身體裡沒一段時間就被逼著嫁到了秦書淮府中，和姜家接觸並不多，所以她對姜漪的親人，沒有太多感情。然而她借了人家的殼子，自然要承擔一下作為女兒的義務。而且若她一點感覺都沒有，陸祐怕是會懷疑。

於是她抿了抿唇，低頭道：「葬哪兒了？」

「城郊聽風亭朝南五里。」

「我知道了。」

秦芃點點頭，和陸祐聊了一會兒，便讓陸祐走了。

等她回去後，白芷正在翻看著手下送來的訊息。白芷這個人是個天生的謀略者，執行力十分強大，有了她，秦芃簡直想醉生夢死，然而她知道自己決不能在白芷面前表現出這樣的心態，便滿臉認真道：「我今日去探聽消息了。」

「我知道，還順便在街上吃了半個時辰的小吃。」

秦芃哽了一下，白芷看著她嘴邊的痕跡，冷笑了一聲。

秦芃機智地繞開了白芷的話，轉頭道：「我覺得柳書彥和秦書淮之間有他人不知的小祕密，今日陸祐和我說，董婉怡死後，柳書彥和秦書淮打了一架，妳找人查一下吧。」

白芷點點頭，秦芃翻著信息，漫不經心道：「張瑛那邊準備推誰？」

「翰林院侍讀趙英。」白芷遞了一張紙給秦芃。

「趙英？」秦芃打開白紙，低頭迅速看了這個人的身分，白芷在一旁解釋：「此人乃五經博士出身，學問極好。」

「五經博士，我記得是世襲對吧？」

「對，」白芷點點頭：「所以這一位是打小熟讀五經，底蘊極厚的人物。」

「那位王珂呢？」秦芃有些擔心。

白芷笑了笑：「我看過兩人文章，王珂之才，絕不在趙英之下。」

秦芃點了頭，又想起來：「那柳書彥呢？」

「這位……」白芷皺起眉頭：「這位乃是柳大學士的兒子，書香門第出身，少年一篇〈山河賦〉曾豔驚諸國。但是也僅此一篇。此後他棄筆從戎，以武將身分立足於朝堂，除了那一篇〈山河賦〉再無文章。所以，不太好說。」

「怎的不好說？」

「若〈山河賦〉真是柳書彥所寫，且他日常就是如此，比詩詞歌賦，怕是難有人再出其左右。但是他僅僅只寫過這一篇，很難講到底是運氣，還是才華。」

「我明白了，」斜躺在地上，一手撐著頭，一手放在腿上，彷彿放在桌上一樣輕輕敲打著，沉思道：「那這場比試，比策論如何？」

「可。」

「不過我還是有些不放心，」秦芃抬起眼來：「柳書彥是什麼樣的人？」

「我今日去看過他，」白芷思索著：「似乎是個對自己極有信心的人，我看探報上寫，極愛喝酒。」

聽了這話，秦芃明白白芷是在提醒她，兩人四目相交，秦芃笑了笑，點頭道：「那就這樣。」

兩個人商量好，等第二日上了朝，張瑛果然舉薦了趙英。

秦書淮代表太傅依舊舉薦柳書彥。

而秦芃則一副猶豫的樣子，還是舉薦了王珂。

聽到王珂的名字，秦書淮似乎頗為意外，他轉過頭來，皺了皺眉頭：「翰林院編修……殿下是否換一位品階高一些的？」

看見秦書淮不舒服，秦芃就高興，歡歡喜喜道：「選賢與能，講的是才華，不是官品，攝政王若是要以官階作為選拔人才的門檻，怕是傷了天下學子的心。」

聽了這話，秦書淮恭敬低頭：「公主說的是。」

秦芃看著秦書淮這樣子，心裡有些異樣，總覺得有什麼不對。

雙方將人定下來後，定下了考核方式，打算在明日於大殿上當眾寫策論，而後當場由秦書淮、秦芃、張瑛匿名擇選定下人來。

定下這個法子後，等下了朝，秦芃追上了回衛家的衛衍，衛衍如今在朝廷裡擔著鎮南大將軍的虛銜，想上朝就上朝，不想上朝就在家待著，今日衛衍閒來無事上了朝廷，等下朝之後，便往宮門外走去。

秦芃追著上去，小聲道：「小叔！小叔！」

衛衍頓住步子，看著秦芃乘著轎子來到他旁邊，他閒庭信步般走著，含笑道：「嫂子同我一起回府？」

「對。」秦芃點點頭，有些著急道：「不過我先問你個事兒。」

「嗯？」

「你和柳書彥熟嗎？」

聽了這話，衛衍有些奇怪，不明白秦芃問他這個做什麼，柳書彥和他也算是戰場上打過照面的，如今青年將領大多南征北討調動頻繁，幾乎都是熟識的，於是衛衍點點頭：「還好，嫂子問這個做什麼？」

「他喜歡喝酒嗎？」

「還行？」衛衍回想了一下柳書彥的脾氣，秦芃點點頭，從袖子裡拿出一包東西，交給衛衍：「今晚找他喝酒去，你不能去找別人。」

拿著手裡的東西，衛衍總算是明白秦芃的打算了，哭笑不得道：「妳至於嗎？」

「這是醉仙散，放酒裡可以提高酒的純度香度，最重要的是，喝下去酒勁兒比平時大好幾倍。帶他去東三巷的十里香，你少喝點。」

「行，我知道了。」衛衍將藥收到袋子裡，隨後同秦芃道：「妳別太擔心，太傅那個位子，他大概不想坐呢。」

「誰知道呢？」秦芃笑了笑：「如今銘兒年幼，太傅便是他半個親人，日後銘兒怎麼想事情，怎麼想我，想秦書淮，太傅至關重要，」秦芃面色越說越冷：「我決不能讓其他人坐上這個位子。」

秦芃不確定自己一定能恢復趙芃的身分。

如果趙鈺不願意接受她，那她註定只能當一輩子的秦芃。她從來不是那種給自己斬斷後路不留餘地的人，狡兔三窟徐徐圖之，這才是她的做事風格。

想著，秦芃轉頭催促衛衍：「趕緊去。」

「那我去了，」衛衍挑挑眉：「嫂子給我什麼好處？」

「你要什麼好處？」

「許久未曾吃嫂子做的飯菜了，」衛衍嘆了口氣：「甚是想念啊。」

「行了趕緊吧。」

秦芃推了他一把，衛衍笑嘻嘻受了，秦芃放下轎簾，閉上眼睛，開始琢磨著其他。她回去準備了一批殺手，讓他們埋伏在十里香外面，而後又準備好所有作弊工具，等休息下來時，已經接近晚上了。秦芃看著天色，想了想，她決定去看看姜漪的家人。於是她讓人備了馬，去了城郊。

而衛衍連哄帶騙，終於拖著柳書彥去十里香喝酒。柳書彥是個愛酒的浪蕩公子，正常人如此重大的擂臺前一日根本不會和朋友玩樂，柳書彥不一樣，他不但玩，還玩得很盡興。

但他心裡有數，以他喝酒多年的經驗，酒一上來他心裡就知道能喝多少，他本來打算隨便喝點就走，誰知道這酒味道極香極純，他有些捨不得，就小口小口品著，和衛衍聊著。

一聊聊到天黑，他不知道怎麼的，感覺有些睏了。他心知不好，抬頭笑道：「這酒倒是烈了些。」

「烈嗎？」衛衍聞了聞，一副淡定的樣子道：「還好啊？」

柳書彥一看見衛衍的樣子，就直覺不好，抬頭道：「你實話和我講，你是不是坑我了？」

「你瞎說，」衛衍一臉認真：「我怎麼會坑你？」

柳書彥一個字都不信，他站起來往外走，走了沒幾步，感覺頭暈目眩，沒走到門口，就「哐」一下倒了下去。

還好侍衛一把扶住了他，把他扛到衛衍腳邊。衛衍沒理會柳書彥，低頭喝著酒，一言不發。

旁邊侍衛勸他：「將軍，別喝了，你醉了。」

「我沒醉。」衛衍將酒杯「哐」一下砸在桌上，特別認真地道：「區區桃花釀就能讓老子醉了？不可能，絕對不可能！」

侍衛：「……」

好了，真的醉了。

衛衍醉了，勸不住，這個時候，另一位侍衛走進來，低頭同衛衍道：「攝政王在去柳府的路上，怕是去找柳將軍，您看……」

衛衍有些迷糊。

醉了的人一般還是知道他在做什麼的，就是膽子大了些。他扶著自己站起來，搖頭道：「不行，攔住他，我去找他。」

說著，衛衍跌跌撞撞走下去，讓人看住柳書彥後，駕馬去找秦書淮。

秦書淮的馬車往柳府的路上，老遠他就聽到一聲大喊：「哈哈哈哈哈秦書淮老子來找你了！」

秦書淮睜開眼睛，過了一會兒，一個人突然撲進馬車，秦書淮抬手壓在他腦袋上，直接把他按在車壁上。

「衛將軍，」秦書淮聲音冷淡：「清醒些。」

疼痛讓衛衍清醒了一些，他清楚知道自己的任務。

他是來拖住秦書淮的，至少要拖到明日早上。

於是他朝著秦書淮拉扯過去：「哈哈哈哈哈秦書淮我是來找你喝酒的！」

「不喝。」

「秦書淮我們去你府裡喝酒！」

「不去。」

「那去我家呀！」

「不去。」

「不行不行……」

「衛衍你給我放手！」

馬車裡乒乒乓乓響起來。兩邊侍衛圍著馬車劍拔弩張，衛衍的侍衛低下頭去，十分羞恥。

車裡面打了一陣後，傳來秦書淮咬牙的聲音：「把秦芃給我叫過來，讓她把人帶回去！」

「我不去！」衛衍耍著賴：「我要去你家，我聽說王府又大，美人又多，還有錢！帶我去你家！」

秦書淮：「……」

秦書淮深吸一口氣，看著衛衍臉上的拳頭印，他覺得自己不能和一個醉鬼計較太多，於是他咬著牙道：「去衛府。」

「不行，我不去！」衛衍繼續耍賴：「我要去淮安王府！」

「滾！」

秦書淮和衛衍拉扯著，衛衍太執著，一直打鬧，秦書淮沒有辦法，只能帶著衛衍回了王府，然後讓秦芃來接人。

秦芃剛看完姜家的墓，心裡有些傷感，回到衛府，管家就趕了過來，焦急道：「大夫人，將軍被淮安王扣下了，讓妳去接人！」

一聽這話，秦芃心裡咯噔一下，頓時覺得是她讓衛衍去給柳書彥搞小動作一事讓秦書淮發現了。

她心裡先是心虛了一下，隨後又反應過來。

秦書淮居然把衛衍給扣了！

她立刻叫上人，帶著白芷，衣服都沒來得及換，騎上馬就氣勢洶洶奔向了淮安王府。

她有些焦急，不明白秦書淮哪裡來這麼大的膽子，居然敢直接扣下衛衍，難道是對邊境的衛家軍一點都不在意了嗎？

秦芃心裡越想越不明白，到淮安王府時，她已經做好了魚死網破的準備，同白芷道：「若今日局勢不妙，妳我便直接聯手殺他！」

白芷點了點頭，握著劍道：「好。」

兩個女人帶著侍衛衝到淮安王府門口，秦芃冷著臉道：「鎮國……」

「公主殿下您可來了！」

秦芃話沒說完，管家就衝了過來，淮安王府的門一直開著，似乎等了許久。秦芃有些懵，管家立刻道：「請請請，王爺和衛將軍都在等您呢！」

秦芃心裡充滿了警惕，她看了白芷一眼，短刀滑落在手心，白芷點點頭，兩個人小心翼翼跟著管家往前，隨時提防著衝出來的殺手。

然而一路平安的到了大堂，秦芃不由得有些恍惚。殺手不在路上，難道秦書淮有其他大招？

她還沒來得及反應，就聽到一聲帶著傻氣的：「嘿，嫂子，妳也來了！」

秦芃抬起頭，就看見秦書淮坐在輪椅上，臉上帶著冷意和拳頭印，衣服被扯得亂亂的。而他腿上趴著衛衍，衛衍跪坐在地上，半個身子拉扯著秦書淮，整個人靠在他身上，臉上已經被打得看不出原來的樣子。

他一笑，臉上的青紫扯著變換了形狀，秦芃和白芷不由得倒吸了一口涼氣。秦芃立刻回頭，小聲同白芷道：「我覺得那個肯定不是我小叔。」

白芷板著臉：「妳給我認真些。」

秦芃直起身子，看著還和她打著招呼搖著手的衛衍，以及冷著臉的秦書淮，她艱難地笑了笑：「王爺可否和我說明，發生了什麼……」

「衛將軍醉酒後神志不清，半路襲擊了本王。」

聽了這話，秦芃再次吸了口涼氣，而衛衍朝著她擠眉弄眼，完全不知道自己做了什麼，還等著她誇獎的樣子。

「那個，醉酒之人……」秦芃說不下去了。

醉酒打人也犯法啊，而且打的是秦書淮啊。

但一想，不對啊，看傷勢，明顯是衛衍受傷更重一些，那臉都看不出形狀了。

秦芃不由得悲憤起來，抬手指著秦書淮，一副快要哭出來的樣子：「王爺怎麼下得去這樣的狠手啊！」

秦書淮：「……」

白芷：「……」

衛衍：「……」

而秦芃完全投入自己製造的悲痛情緒中，疾步上前，捧起衛衍的臉，要哭出來的樣子：「小叔！他怎麼能這麼打你啊小叔！你為國奉獻那麼多年，你在邊境吃了那麼多苦，我衛家為國為民做了多少犧牲，他怎麼能這樣對你啊？難道是攝政王就了不起嗎？難道這世上就沒有半分公道和天理了嗎？」

「不……等等……嫂子……」

衛衍被秦芃精湛的演技驚醒了，拚命想要解釋，然而秦芃一把按下他的腦袋，豁然起身，同秦書淮道：「殿下，你位高權重，我不願與你爭執，這件事便算了，如果還有下次，我絕不善罷甘休！小叔、白芷，我們走！」

說完，秦芃一把拖起衛衍，彷彿氣極了，帶著人迅速離開。

氣勢洶洶如風而來，又氣勢洶洶如風而走，來去真是電閃雷鳴般，快極了。

等她走遠了，眾人才反應過來。江春遲疑了片刻後，慢慢道：「王爺，是他先動的手吧？」

秦書淮用看蠢蛋的表情看了江春一眼：「他只是醉了，又不是孩子，他衝撞我的馬車，我打就打了，怎樣？」

江春一想，對，他怎麼被秦芃繞進去了？

他頓時對秦書淮極其崇拜，然後道：「王爺方才怎麼不回擊？」

「我來得及嗎？」秦書淮淡淡開口，皺起眉頭：「而且，我在想另外一件事。」

「嗯？」

「她鞋上沾了紅壤，宣京並不產紅壤，唯一有紅壤的地方……」

秦書淮眼中帶著冷意：「只有那個地方。」

第十一章 懷疑

秦書淮一提醒，江春就想了起來。

當年姜家下葬之後，姜家的部下到宣京為姜家老小收屍，因為姜氏祖籍承州，承州特產紅壤，姜家的部下特意千里迢迢運了紅壤過來，埋在宣京郊外。

江春神色立刻冷了下來：「您是說，長公主去了姜家的墓地？」

秦書淮沒說話，他認真想著，江春疑惑道：「她去墓地做什麼呢？」

人都死了這麼多年了，還有東西讓她查嗎？

秦書淮沒有回答，皺著眉頭，似乎在思索。

然而許久後，秦書淮只道：「去睡吧，該知道，自然就知道了。」

折騰得很晚了，大家都有些累了。

秦芃帶著衛衍回去，衛衍彷彿醉了一般被秦芃拖上馬車，馬車一動，衛衍便跳了起來：「嫂子，我把柳書彥留在十里香了！」

秦芃被衛衍搞得一愣一愣的，隨後反應了過來，點了點頭道：「幹得挺好，不過，」

秦艽指了指他，又指了指王府：「你今晚是怎麼回事兒？」

「哦，這個啊，」衛衍抓了抓腦袋：「就是秦書淮要去找柳書彥，我去攔著他了。我也不知道自己怎麼想的，攔到他王府裡去了。」

秦艽明白了衛衍的話，點了點頭，拍了衛衍的肩道：「小叔，你真是我見過最聰明最能文能武的人了。」

「過獎過獎。」衛衍拱手：「嫂子也是我見過最能說會道能演能唱的人了。」

秦艽：「……」

感覺並不是在誇自己。

兩人互相吹捧後回了府中。等第二日早上，兩人又一起去了朝中。今日朝中的大事就是三個人擺擂，秦艽昨晚太累，去得晚了些，到的時候王珂和趙英已經各自進了一個廂房，就等著柳書彥了。

秦艽打著哈欠，同眾人一起等著柳書彥，等到了開考的時候，柳書彥還沒來，秦書淮面色不大好看。

秦艽斜倚在簾後，有些睏，而張瑛見柳書彥不來，大笑著道：「攝政王舉薦的柳大人，莫不是怕暴露自己的真實實力，不敢來了吧？」

一說這話，滿堂大笑，秦艽眼皮都快塌下來了，秦書淮淡道：「諸位稍安勿躁，柳大人一會兒便來了。」

秦芃在簾子後冷笑。

柳書彥來不了。

就她那藥的份量，不睡上一日，柳書彥醒不過來，就算柳書彥醒過來了，她還在東三巷埋伏了一批殺手，柳書彥過關斬將衝了過來，估計腦子也是懵的。到時候能發揮出來才怪。

她秦芃一環套一環，就算柳書彥是個天才，她也能把他廢了。

所有人等著柳書彥，而書房裡的兩個人已經抽了題目，開始答題了。

秦芃瞧了點燃的香一眼，同秦書淮懶洋洋道：「柳大人來的太晚，要不就別來了吧。萬一有些人是先提前知道題目，在外面準備好再來呢？」

「是啊，」張瑛立刻附和：「這對在裡面的兩位大人也太過不公了。」

「二位說笑了，」秦書淮面色平靜，刀槍不入：「考試時間有限，柳大人自然會竭盡全力能早來就早來。而且，就等半個時辰吧。半個時辰，柳大人總不至於能找到一個人寫出一篇策論還背下來。」

半個時辰，考試過了二分之一。秦芃和張瑛也不打算逼太緊，秦書淮鬆了只等半個時辰的口便行了。

所有人等著柳書彥的到來，而柳書彥則是在十里香裡悠悠醒過來，立刻意識到——完了。

他翻身而起，將人叫進來，趕忙駕了馬就往外衝。

這時候他也明白了，昨日衛衍這麼好心叫他喝酒的原因。

陰險，真的太陰險了！

他翻身上馬，往外衝了出去，衝到一半，一行刺客跳了出來。

好在柳書彥身手極好，和這些人過了幾個回合之後，便跑了出去，朝著宮裡一路狂奔。

眼見著半個時辰就要到了，秦芃有些興奮，壓著自己的歡喜，假情假意同秦書淮道：「唉，看來柳大人是沒運氣啊……他要是能早來那麼片刻，便就是香剛剛燃盡，我也算他來了，可是……」

「啟稟陛下，」秦芃話沒說完，一個清朗的聲音從外面傳了過來：「南城軍將柳書彥來遲！」

說完，一個俊美清秀的男子從外面大步走了進來。

這時，香剛剛散落在臺上，秦芃停留在方才說話的姿勢上，臉都僵了。

秦書淮面色平靜，轉頭瞧向秦芃：「託公主的福，」秦書淮聲音淡淡的：「人總算是來了。」

秦芃：「……」

她方才的話都是不作數的，能撤回嗎？

香都落盡了來什麼來，好好在十里香睡覺不行嗎！

一個武將當什麼太傅，這簡直太胡鬧了！

好了本宮知道你文武兼備，乖，回去別鬧了。

千言萬語匯成一句話——柳書彥你幹嘛要來啊啊！

柳書彥進來後，面上還算從容，但手腕上的衣衫卻是被人劃破了，鮮血從裡面浸出來，明顯剛剛遭遇了一場惡戰。

秦書淮讓人趕緊領了他進書房去，同時將繃帶和傷藥給了他，秦芃看著柳書彥這十分有信心的樣子，不由得有些心慌，在簾子後面幫自己打著氣。

沒事，這人剛剛醉酒，醉酒完遲到，遲到了手上還受傷了，哪怕真是個文豪，也無力回天。

柳書彥進去後，不到半個時辰，時間便到了，秦銘身邊的大太監福安去收卷，卷子收回來後，讓人重新謄抄了一遍，貼上封條，傳到秦芃三人手中。

秦芃打開了卷子，立刻發現有一張卷子根本沒寫完，而且字跡虛浮潦草，明顯筆力不濟，必然是柳書彥的卷子。

她看都不看，將柳書彥的卷子放到一邊，對另外兩張卷子認真審視起來。

她對白芷的判斷力十分有信心，白芷說王珂沒問題，她便相信沒問題。兩張卷子中，秦艽選出了更好的一位，將名字填寫在木牌上，這時秦書淮和張瑛也選好了。

三人將木牌上的號數選出來後，由福安公布了結果——

王珂，兩票。

趙英，零票。

柳書彥，一票。

得了這樣的結果，張瑛的臉色頓時極為難看，怕是沒有想到自己選出來的居然是王珂。但是轉念一想，又覺得只要秦書淮的人沒上去，哪怕是秦艽的人上去了，也是無妨的。

秦艽看見這個結果，心裡頓時放鬆下來，在簾後掩嘴而笑：「這一次柳將軍的文章尚未作完，十分明顯，這一票怕不是攝政王自己投的吧？」

這是明顯的擠兌了，張瑛立刻道：「王爺這叫任人唯親……哦不對，老朽說錯了，是舉賢不避親，我等都該如此效仿學習才是！」

秦艽和張瑛一唱一和，秦書淮沒有回應，直接道：「那便如此，讓三人上殿聽封吧。」

秦艽斜靠著扶手冷笑，她只當秦書淮從來都是這樣，以不變應萬變，怕是心裡早就嘔死了。她就靜靜看著他裝。

她從旁邊侍女手上拿了杯茶，抿了一口，這時三個人上殿來了。隔著簾子，三個人的樣子她瞧不大真切，就聽秦書淮叫了王珂的名字後，有個聲音應下，秦芃一聽那個聲音，總覺得有些熟悉。

是誰呢？

秦芃皺眉想了想，乾脆悄悄抬起簾子，探出頭去。

一探出去，秦芃嚇得差點魂飛魄散。

她瞧著那個王珂和秦書淮一唱一和說著話，眼見著秦書淮就要遞太傅掌印給他，秦芃忍不住大喝了一聲：「慢著！」

所有人赫然回頭，秦芃呆呆瞧著那個王珂，那熟悉的眉眼，眼角的淚痣，還有嘴邊的小酒窩。

這是誰？

這分明是當年她還是趙芃時，和秦書淮在南歸路上撿回來的小崽子王鶴！

王鶴對秦書淮忠心耿耿，當年她是姜漪時想拒絕秦書淮，故意用很多條件折騰秦書淮，結果王鶴忠心護主，直接親自上門和她打了一架！

王鶴怎麼會在這裡？怎麼會叫王珂？

秦芃腦子飛速運轉，但是不管有多少為什麼，她都肯定了一件事。

王鶴絕對是秦書淮的人，所以秦書淮根本不是真心要舉薦柳書彥，他真正要舉薦的人，該是王鶴！

她提出王珂，秦書淮一定是知道的，所以他乾脆順水推舟，和她鬥上一鬥。

但是，柳書彥到底是不是秦書淮的人？

柳書彥到底是秦書淮拿出來讓她最終去推王鶴的誘餌，還是兩個都是秦書淮的人，隨便上哪一個都無所謂？

秦芃來不及多想了，她只知道一件事。

王鶴是秦書淮的人，柳書彥未必是秦書淮的人，而如今答案已經揭曉了，她換成趙英是絕對不可以的，如果換成了從一開始就知道是柳書彥的柳書彥，倒是可以。

畢竟貼著封條的時候，大家已經知道這人是柳書彥了，她若真要作弊，當時就做了。所以她現在換成柳書彥還有話可說，換成趙英怕是會有太多人不服氣。

於是在所有人看過來時，秦芃微微一笑，溫和道：「不好意思，我突然想換一下結果。」

「方才我看見柳將軍的卷子，因為沒有寫完，便直接跳過了，沒有好好審閱。等候三位大人時，重新看了卷子，發現柳將軍真是有驚世之才，哪怕只有半卷策論，也是豔壓群芳！」

聽到這話，在場所有人都呆住了，秦書淮皺起眉頭，壓著聲音：「公主不可兒戲。」

秦書淮的反應讓秦芃更加認定了王鶴是他的人，一臉認真道：「我等之所以設擂，是為了挑選有才能之人，如果為了規矩放棄了有才之士，這才是本末倒置。既然柳將軍有大才，本宮自然要說出來。」

「這怎麼行？」張瑛皺起眉頭：「妳說改就改，那我改成趙大人，豈不是都亂了套？」

「我方才選王大人時，便已經知道了柳大人的卷子是怎樣的。如果我有心故意抬柳大人，當時便可以直接說，何必選王大人？」

秦芃解釋後，張瑛一時無言，秦芃繼續面色鄭重道：「陛下乃本宮親弟，本宮自然要給陛下最好的太傅，於此事之上，本宮絕不會有任何徇私舞弊之意。而且柳大人乃攝王舉薦，若非真的有真材實料，本宮又怎會轉而將票投給柳大人？」

這番話讓眾人都信了幾分，秦芃看向秦書淮，認真道：「王爺想必不會有異議吧？」

秦書淮沒說話，他看著秦芃，目光裡全是思量。秦芃任由他看著，含笑道：「王爺？」

「好。」

秦書淮點點頭，沒有多話，秦芃頓時舒了口氣。然而轉念一想，她舒什麼氣？

秦書淮這個態度，柳書彥擺明是他的人！從王珂換到柳書彥，她有什麼好高興？

秦書淮這個人，雞賊，真的是太雞賊了！

秦芃躺在椅子上，氣得一個早朝什麼都聽不下了。

下了朝，秦芃往殿外走去，秦書淮推著輪椅跟上來，面色平淡道：「今日公主為何突然臨時改變主意？」

「為國為民。」

秦芃心裡氣炸，面上極力克制著，保持冷靜。秦書淮瞧著她一臉正經，猜測著她可能是在生氣。

他突然發現，秦芃是真的像趙芃，把琢磨趙芃心思那一套完完整整用在這個人身上，居然沒有半分違和。

他心裡說不上什麼情緒，有些難受，又有些欣慰。

他瞧了秦芃一眼，淡道：「妳在氣什麼？」

「我沒生氣。」

「氣了。」

秦書淮瞧了她的袖子一眼：「袖子都掐皺了。」

「秦書淮，」秦芃深吸一口氣：「你不去刑部真是可惜了，全大齊怕是沒你秦書淮破不了的案子，就你這眼力，當攝政王真是浪費人才！」

「哦。」秦書淮淡淡應了一聲，到了宮門口，秦芃直接踏上馬車就要走，秦書淮突然開口：「知道王珂是我的人了。」

秦芃腳一歪，差點從馬車上砸了下來，還好秦書淮抬手扶住她，秦芃被他扶正身子，她抬起頭，一臉詫異道：「什麼？王珂是你的人？」

秦書淮沒說話，他放了手，淡道：「回去吧。」

秦芃回了馬車上，心情有些忐忑，馬車噠噠走，秦芃回憶著秦書淮的話，琢磨著到底是什麼意思。

她突然覺得現在的秦書淮像個妖怪，能看透人心。

而秦芃走出去沒多久，江春便道：「王爺，您方才同公主提王珂幹嘛？」

「試一試。」秦書淮被江春推著回去，眼神有些冷：「她果然知道王鶴是我的人。」

「不可能啊，」江春想了想，整個人都懵了：「當年您收養王鶴知道的人基本都死了，也就是我和您知道……」

秦書淮沒說話，他認真思索著，「江春。」

「嗯？」

「姜漪的屍首，還沒找回來嗎？」

江春愣了愣，姜漪死了很多年了，就算有屍首，大概也成了一堆白骨，他不由得道：「王爺問這個做什麼？」

「生要見人，死要見屍，沒有屍體，你便不能當她死了。」

聽了這話，江春整個人驚呆了：「您……您的意思是……」

秦書淮搖了搖頭：「且再看看。」

秦芃坐在馬車上，反覆回憶著今日的事情，她想著柳書彥的生平，覺得此人還是要查一查。

她正琢磨著，馬車突然停了下來，春素出去看了看，便聽到外面是柳書彥的聲音，認真道：「長公主殿下，在下柳書彥。」

秦芃聽到是柳書彥，立刻捲起簾子：「柳將軍，不妨入府一敘。」

柳書彥笑了笑，似乎想起什麼：「甚好。」

衛衍喝著醒酒茶起了床，同管家道：「今日嫂子回來吃飯嗎？」

「回來，」管家拿著帳本走過去，淡道：「派人過來說，要帶著柳將軍回來。」

衛衍猛地抬頭，轉身就跑。

柳書彥肯定知道他昨晚坑他，今日不跑，怕是要死。

秦芃領著柳書彥進了院子，柳書彥跟在秦芃身後，含著笑道：「昨夜我與衛將軍把酒言歡，不知道他今日回府未曾？」

秦芃一聽這話，心裡覺得有些不好，這人莫不是來找衛衍尋仇的？

她不動聲色道：「小叔怕是出去了，柳大人是來找小叔的，還是找我的？」

「自然是找殿下，」柳書彥和秦芃進了前廳，兩人各自坐在一邊，秦芃親自給柳書彥倒了茶，柳書彥低頭接過，謝過後恭敬道：「在下前來尋找殿下，主要是為了說明一事，在下不是秦書淮的人。」

秦芃沒說話。

現在她得了一種「全世界都是秦書淮的人」的病，她給自己倒了茶，聽柳書彥繼續道：「實不相瞞，攝政王會舉薦下官，此事出乎下官意料之外，甚至下官也是到昨日早朝後，才得到旨意知道自己是攝政王舉薦之人，下官猜想，如今長公主必定疑心在下，所以特來說明，望公主知曉，柳家對陛下忠心不二，絕無二心。甚至於，若有需要，」柳書彥抬眼，目光帶著寒意：「在下可以成為陛下一把利刃。」

柳書彥說這話時，有了些讀書人絕不會有的血腥氣，彷彿從屍山血海中走出來，讓秦芃忍不住呆了呆，然而柳書彥又微微一笑，旋即掃開了這撲面而來的陰寒。

秦芃點點頭，卻是轉念明白了秦書淮的把戲。

秦書淮舉薦了柳書彥，就是在秦芃心裡種下一顆懷疑的種子，尤其是在日後知曉王珂是秦書淮的人後，這個種子便會枝繁葉茂的生長。

連人都不是自己的，那被秦書淮舉薦的柳書彥又值得幾分信任？

如今皇家在軍隊上的兩大靠山，遠的是在邊境的衛衍，近的則是南城軍柳書彥，不過是爭個太傅的位子，秦書淮就輕而易舉的離間了柳書彥如此重要的人物。

秦芃想明白後，簡直想為秦書淮鼓掌。

在朝廷摸打滾爬這麼多年，秦書淮果然成了一塊老薑，死了這麼多年再爬回來的她在秦書淮眼裡，於朝堂上的確稍顯幼稚。

然而這也是沒有辦法的事情，畢竟當年她死之前，一直待在後宮。她沒有坐上鎮國長公主的位子，甚至沒有看到趙鈺是如何登基。

雖然後宮前朝連著，可是畢竟是不一樣的。

秦芃思索著秦書淮的想法，柳書彥低頭喝了口茶，靜靜等著秦芃的回應。

許久後，秦芃抬起頭來，溫和道：「柳將軍願意同本宮說這些，本宮十分欣慰。柳將軍的意思本宮曉得，柳家的忠心，本宮絕不懷疑。」

柳書彥舒了口氣，點頭道：「公主明白就好，今日特意登門，只是為了此事，如今既然說清，那下官便先回去了。」

「我還有一個問題，」秦芃眨了眨眼，頗為好奇道：「聽聞當年柳將軍和攝政王打過一架，是為什麼？」

聽了這話，柳書彥面色僵了僵，他明顯不願意回答，然而雙方都知道，如果不解釋清楚這件事，代表著他隱瞞了自己和秦書淮的部分關係。柳書彥深吸口氣，終於回答：「在下只是覺得，董小姐可惜了。」

秦芃愣了愣，不由得道：「你是為董婉怡去打抱不平的？」

「當年曾讀過董小姐一篇閨中策論，」柳書彥眼中頗為遺憾：「深以為知音，但因佳人已嫁，世俗理法，無可奈何。誰知道最後董小姐居然如此不明不白的死去⋯⋯」

「不明不白？」秦芃終於遇到了當年知道董婉怡之死的人：「你覺得董小姐不是患病去世的？」

柳書彥面上帶冷色，慢慢點了點頭。

「她……」

「長公主，」柳書彥早一步截斷了秦芃的話：「話已至此，殿下應該明白我和攝政王的關係，多餘的也無需明白，下官的意思，」柳書彥抬眼看秦芃，眼中有了冷意：「殿下明白嗎？」

秦芃看出柳書彥的警告。

這是一個很高傲的人。

哪怕他說著下官，哪怕他表著忠心，卻有明確的領地意識，他的攻擊是沒有差別的，任何人，只要跨過了他所劃下的線，都不被允許。

秦芃和他靜靜對視，許久後，她慢慢笑開：「明白。」

柳書彥躬身行禮，轉身離開。

等柳書彥走後，白芷焦急進來：「聽說妳臨時換下了王珂，為什麼？」

秦芃閉著眼睛，慢慢道：「他是秦書淮的人。」

「秦書淮？」白芷愣了愣，隨後反應過來：「妳怎麼知道？」

秦芃不說話，她總不能告訴白芷，因為王鶴這崽子就是她和秦書淮一起救的。

秦芃沉默，白芷便明白她不想說，白芷心裡有些難過，轉過頭去，掩住自己的情緒道：「那如今怎麼辦？」

「柳書彥不是他的人，這已經夠了。」

「妳又怎麼知道他不是他的人？」

「我信我自己。」秦芃睜開眼睛，看向白芷，神色認真：「就像我能無條件信妳，我也能無條件信他。」

白芷被那神色看著，也不知道怎麼的，感覺自己彷彿回到了那個人身邊一般。

她覺得眼眶有些發澀，卻還是要強裝淡定：「妳這樣會害死自己。」

「我不怕死。」

她死了三次了，還怕什麼死？

白芷沒再說話，好久後，她終於道：「隨妳吧。」

說著，白芷就要走出去，秦芃突然叫住她：「去幫我找兩個人。」

「嗯？」

「找一個案子，丈夫殺了妻子的。」

「妳要這個做什麼？」

「我有我的用處。」

有了這句話，白芷也沒辦法多問了，只能點點頭，而後她又想起一件事：「哦，過兩日我告個假，可能要不在幾日。」

「嗯？」秦芃抬起頭來，有些疑惑白芷請假做什麼。

白芷面色平靜：「鎮國長公主忌日，我要回去看看。」

秦芃一聽白芷要回去，下意識就想讓白芷給趙鈺帶信，但話沒說出來，白芷立刻道：「放心吧，我就去邊境祭拜一下，不會真的回北燕的。要是被人查到我作為妳的侍女去北燕，妳就完了。」

這話將秦芃的想法澈底抹殺，她面無表情「哦」了一聲，等白芷退下去後，她才恍惚想起來，原來是她的忌日要到了。

她其實已經不太記得自己死在什麼時候了，可是所有人都記得。

說不清該高興還是悲傷，她只能默默坐在椅子上，開始思考一個嚴肅的問題——明明她還活著，活得好好的，為什麼每個人都在祭拜她呢？

這個問題太讓人費解和傷心，以至於她想得心裡都有些難過了。

過了兩日，白芷便走了，秦芃其實不知道白芷說的忌日是什麼日子，直到秦書淮戴著一條白色的髮帶上了朝。

那日早朝秦書淮沒有束冠，而是用白色的髮帶束了頭髮，看上去失去了平日那副尊貴威嚴的模樣，反而有了幾分高冷憔悴。

秦芃見他走進大殿時不由得愣了愣，轉頭同帶著太傅職位上朝的柳書彥道：「攝政王上朝都不束冠了，怕是不太好吧？」

「這是先帝特許的。」柳書彥壓低了聲音，小聲道：「今日是攝政王髮妻的忌日，先帝念他一片深情，特許他在這一日可以不束冠上朝。」

秦芃有些詫異，不敢置信道：「你說的髮妻，是趙芃嗎？」

柳書彥點點頭，神色裡有了敬重：「攝政王對玉陽公主的情誼，是滿朝文武皆知的事情。」

秦芃沒說話了，她心裡有了那麼幾分不忿。

虛偽。

做作。

秦芃在心裡給秦書淮匹配了無數個不太好的詞語，而後有些好奇，秦書淮到底是為了什麼呢？他又要做什麼呢？

懷著這樣的好奇心，等下朝之後，秦芃悄悄尾隨秦書淮出去，結果秦書淮戒心極強，七拐八拐，秦芃被他甩開來。

秦芃有些無奈，只能自己找了些吃的，趁著少有的一個人的時光，到處逛了逛，而後坐在素裝閣的雅間裡挑東西。

沒多久，她突然聽到一個熟悉的聲音，那聲音雖然溫和了許多，平緩了許多，秦芃卻還是聽出來，是秦書淮！

他熟悉地點了幾個脂粉唇脂的名字，都是秦芃是趙芃時喜歡的顏色。她躲在內間裡，聽著秦書淮說話，心裡緊張又刺激。她這次絕對不能跟丟了，於是壓抑著自己，一直躲著不出去。

外面的店小二似乎很熟悉秦書淮的模樣，但完全不知道秦書淮的真實身分，還打趣道：「店裡出了許多新款，這麼多年了，公子只買這幾個色，夫人不膩的嗎？」

「不膩，」秦書淮聲音溫柔，彷彿是真的在為自己夫人添置胭脂水粉的公子哥兒：「她這個人啊，喜歡什麼，便懶得再換了。」

「那好啊，」店員笑著道：「公子就不用擔心夫人移情別戀了！」

「是啊，」秦書淮的聲音裡似乎也帶著歡喜：「她這一輩子，就只喜歡我一個了。」

只是不是因為她不花心，而是因為，她的一輩子，早已經到頭了。

第十二章　弒妻案

秦芃躲在簾子後，聽著這句話，心裡忍不住緊了緊。她有了不切實際的猜想，比如說，當年秦書淮殺她，是不是因為看不慣她花心？然後忍不住把她殺了？

然而轉念她就覺得這個想法太荒唐了，秦書淮殺她的原因，白芷已經查的很清楚，只是因為權勢。

他早已經和姜家商量好，殺她也是早有預謀，她不需要替他找理由。

秦書淮打包好了東西，便讓人推著輪椅走了出去，秦芃這次跟得很小心，遠遠跟著。秦書淮換了身衣服，純白色內衫，湖藍色的外袍，頭髮用純白色髮帶束起一半，如果不是那更加稜角分明的線條，秦芃幾乎覺得，自己彷彿看到了十六歲的秦書淮。

這麼多年，他一直穿著深色的衣服，戴著髮冠，每次見面，都帶著一股高高在上的氣勢。

然而今日的秦書淮，他提著東西，含著笑容，收斂了周身氣勢，提著酒和一堆女孩子用的東西，彷彿一個再普通的公子哥兒一般。

他一路上挑買著東西，買了一陣，秦芃發現，這些都是她喜歡的。

至少，都是趙芃會喜歡的。

秦芃恍惚意識到秦書淮在做什麼，她有些想回去，但對於過去的追溯，又讓她忍不住跟著他。

秦書淮買完東西，就往城郊去，他來到臨近一個村子，然後拿出鑰匙，打開了大門，讓人遠遠走開，自己進了一間小屋。

這是一間修得極為精緻的小茅屋，外面是爬滿了薔薇和牽牛花的圍牆，院子裡空間很大，有一個葡萄架，一棵楓樹，一個小水塘，一個小涼亭。一條鵝卵石小道鋪到中間屋中，小道旁邊種了各種各樣的花草，看上去似乎許久沒有人打理，長了雜草。

秦芃跳到遠處的大樹上，悄悄觀察著秦書淮。然而當她看見院子的時候，就愣了。

腦海裡驀然想起很多年前有一日晚上，她和秦書淮窩在小床上，完事以後，秦書淮抱著她，順著她的頭髮問她：「芃芃，如果有一日我們能自由，妳想要什麼樣的家？」

「家？」

那時候她怎麼說的？

她睡迷糊了，可還是記得自己想要什麼。

人家都以為她貪慕權力，可是如果有選擇，她的願望其實很小——

「我想在一個誰都不認識我的地方，有一個小屋子。我想種一棵楓樹，等秋天時，就能看它落葉。我想有個小水塘，楓樹的落葉飄在上面，一定很好看，我還能養養魚。還想要個葡萄架，我可以躺在葡萄架下面，曬著太陽，吃著葡萄。哦，院子外面還要種薔薇和夕顏，花開的時候，一朵一朵開在葉子裡，我很喜歡。」

「哦，我還要養一隻貓，還要有一個大廚房。」

「要大廚房做什麼？」

「秦書淮你做飯好吃，」那時候她像貓一樣，蹭了蹭他的胸口，撒著嬌道：「我要你一輩子做飯給我吃。」

秦書淮低低悶笑，他笑的時候，胸膛微微震動，傳遞到她身上，她心裡。

那時候，是她第一次覺得，其實嫁給他是不錯的。

用自己最有力的籌碼去換一個質子的性命，她不是沒有猶豫懷疑過，可是那天他抱著她低聲笑開的時候，她突然覺得，也沒什麼。

秦芃垂著眼眸，想著那些年秦書淮是什麼樣子，秦書淮就在院子裡，推著輪椅掃了屋子，將自己提著的菜帶進去，沒多久，房子裡傳來飯菜的香味。

秦芃靜靜看著他做這一切，突然有一種衝動，去問那一句，為什麼。

如果這麼深情，為什麼要將權勢看得這麼重要？

當年南歸大齊，他的確處境艱難。有一個敵國公主作為妻子，又是具有繼承皇位資格的落魄皇子，她能明白他難，也知道他需要庇護，可是人生的路都是走出來的，和姜氏聯姻不是唯一的辦法，為什麼一定要殺了她呢？

秦芃想不明白，如果可以，她真想去問他一句。

過了一會兒，秦書淮把飯菜做好了，他擺到院子裡來，自己打開了酒，給自己斟了一杯，給旁邊空著的杯子斟了一杯。

而後他空腹喝了口酒，笑著道：「來，芃芃，吃菜。」

說完，他夾了菜，放在碗裡。

自己一面吃，一面絮叨著瑣事。

他說的話基本是，好，很好，我很好。

以前秦芃不知道他這麼能說的，可是這一次他居然絮絮叨叨說了那麼久。末了，他嘆了口氣，似乎有些醉了。

他用手撐著自己的額頭，靠在桌子上，苦笑著道：「我以前不太愛說話的，每次都是妳說得多，可如今我的話也多了，因為妳不說了。」

「不說話也沒什麼……」他聲音沙啞起來：「好歹，應一聲，是吧？」

沒有回應，秦書淮瞧著眼前的空碗，一瞬間覺得有些恍惚。

他突然特別惶恐的意識到一件事，這個人是真的不存在於這世間了，他假裝得再像，人沒了，就是沒了。

他內心慌張起來，整個人微微顫抖，忍不住抬手又去斟酒，酒杯落到地上去。

他顫抖著去撿，卻有人早一步到他面前，替他撿起了酒杯。

是秦芃。

她再也看不下去，從樹上下來，替他撿了杯子。

秦書淮仰頭看她，有些呆愣，秦芃抿了抿唇：「回去吧。」

秦書淮醉了，看著她一片茫然，秦芃將酒杯塞進他手裡，轉身就走，然而那人卻猛地撲了過來，一把抱住了她。

「秦……」

「別說話！」

秦書淮整個人都在顫抖，他閉著眼睛，聲音沙啞：「我知道妳不是她，妳別說話！」

就一會兒。

就這麼一會兒。

他陷在趙芃死的最後的時光裡，他走不出來，他太想走出來了。

可是沒有辦法。

他滿心滿眼，都是那個他最喜歡的姑娘，握著他的手，艱難出聲。

「殺了我。」

「秦書淮……殺了我！」

「如果你愛我，如果你真的對我那麼好，為什麼連我生死的權利都要剝奪？秦書淮我命令你，」她抓著他，歇斯底里尖叫出聲：「殺了我！殺了我啊！」

他親手殺了她。

她想死，他給她死的權利。

可是他活的權利，似乎也被這樣剝奪了。

他問過她，她死了，他怎麼辦？

她抓著他的手，笑著說：「我允許你再娶，我允許你再愛，我允許你忘了我，反正，秦書淮……」

她的笑容彷彿淬了毒：「我從沒愛過你。」

回憶猛然席捲而來，秦書淮倉皇推開秦芃，捂住腦袋。

「別說了……」

他想阻斷腦海裡那個人的言語。可是那人果然不再說了。

就這麼一句話，戛然而止得恰到好處，剛好足夠傷他至狠至深。

他眼裡盈滿了眼淚，整個人都在發抖，手撐在輪椅的扶手上，捂住自己的面容。

他的哭聲沒有傳出來，秦芃卻已經知曉，她小心翼翼道：「秦書淮？」

「為什麼……」秦書淮沙啞出聲：「為什麼……要這麼對我……」

如果不愛我，為什麼要招惹我？

可是哪怕不愛了，也沒什麼，至少好好活著。

趙芃。

那個名字彷彿詛咒，嵌在他的腦子裡，他似乎著了魔，怎麼都離不開她。

秦芃瞧著秦書淮狀態不太對，小心翼翼靠近他，放柔和聲音：「秦書淮，」她誘導般道：「誰對你不好了？」

秦書淮呆呆地抬起頭來。

他感覺自己像是回到了很多年前，那時候他總是被北燕的皇子欺負，見到趙芃時，趙芃總問他：「秦書淮，是不是誰欺負你了？」

那時候他年紀小，內心深處明明挺喜歡這個小姑娘，卻不承認，莫名其妙找了一堆理由討厭她。比如說太不端莊、太活躍、太調皮。

於是他板著臉，冷著聲道：「關妳什麼事？」

「怎麼不關我的事？」趙芃笑咪咪道：「你長得這麼好看，天下所有好看又沒娶妻的男人都關我的事。」

一聽這話他就忍不住生氣，那時候他還不明白自己在氣什麼，只知道怒道：「趙芃妳矜持些！」

趙芃就聳聳肩：「我就這麼不矜持不正經不端莊，你拿我怎麼樣啊？」

他感覺她回來了，而這一次，他不想撒謊了。

他抓著她，就這麼瞧著她，認真出聲。

「我想妳了。」

秦芃微微一愣，沒想到，秦書淮開口居然是這麼一句。

「趙芃，哪怕妳不愛我，我也認了。」

秦芃聽著秦書淮的話，不由得有些呆愣。

她不愛他？這是她死之前告訴他的嗎？

死之前他們到底發生了什麼，居然讓她將真心話講了出來？

趙芃愛不愛秦書淮，這個問題秦芃回想過，最後的結論是，喜歡大概是有的，愛卻是沒有的。

那時候的趙芃太忙碌了，秦書淮之於趙芃，大概是一個避風港，一個玩伴，一個會對她好的人。

有如朋友那樣的信任，也有如親人那樣的親密，還有感激、欣賞、淺淺的喜歡等等複雜的情緒，可是如果談到愛字上，她是不敢說的。

趙芃不知道自己愛一個人是什麼樣，但依照她的性子，如果談到愛上，大概是轟轟烈烈，絕不回頭。

可是當年趙芃嫁給秦書淮的時候是被逼的，是猶豫又害怕的；當年趙芃跟著秦書淮回大齊的時候也是被逼的，是煩躁不安又不樂意的。

她對秦書淮有淺淺的喜歡，畢竟認識了那麼多年，相扶相伴了那麼多年，而且秦書淮這個人，長得好，性子也不錯，她沒什麼不喜歡的理由。所以在秦書淮十歲到十六歲的時光裡，她總是撩著他，騷擾著他。

可是她從來沒想過要嫁給他。

甚至在嫁給他之前，她已經想辦法將自己許給了年少有為的將軍封崢，封崢手握重兵，如果她嫁給了他，那麼趙鈺的皇位就有了保障。

她還記得皇帝將她和封崢叫到大殿裡詢問婚事那天，秦書淮從學堂裡一路跑到宮裡來，就在宮門口守著。

那時她還不知道他喜歡她，她得了皇帝的承諾，也得了封崢點頭，如今就等著賜婚聖旨。她歡天喜地從殿裡出來，就看見秦書淮站在門口等著她。

他還喘著粗氣，明顯是跑了很遠，她有些詫異，不由得問道：「你不是還在上學嗎？」

「妳見封崢了？」

他卻是走上前問她，她愣了愣，覺得這人的消息太快，隨即又想到，大家在宮裡苟苟營生，誰沒幾個眼線探子？

她見封崢這件事也沒遮著掩著，於是她點點頭，笑著道：「是呀，我很快就要被賜婚了。」

「秦書淮，」她聲音溫柔，慢慢道：「很快，我就能有自己的家，站穩腳跟了。你呢？你什麼時候能回大齊？」

說著，不知道怎麼，趙芃覺得心裡有些難受，她嘆了口氣，往前走去，秦書淮通常會跟上來，所以她也沒有在意，慢悠悠道：「你要是不想回去也沒什麼，以後阿鈺成了皇帝，我當了長公主，我會照拂你的，你放心。」

她說完才發現秦書淮沒跟上來，她回過頭，就看見秦書淮整個人都在抖。

他站在原地，手在袖下捏緊了拳頭。

趙芃覺得秦書淮情緒不對，她皺了皺眉頭：「你怎麼了？」

「妳不是……說妳喜歡我嗎？」秦書淮似乎很艱難的，開口出聲：「以前妳說過的。」

趙芃愣了愣，她本想誠實告訴他，那是逗他玩的。

她九歲第一次見面就說喜歡他了，這話又怎麼能當真？她就是這麼愛玩的性子，他假正經又古板，一說喜歡他，他就臉紅。她喜歡逗弄他，僅此而已。

可是不知道怎麼的，瞧著他顫抖的模樣，她說不出口，只能轉過頭去，迴避了話題道：「書淮，我們現在，談什麼喜歡不喜歡呀？把權勢握在手裡，這才是最重要的，知道嗎？」

「所以，」秦書淮轉過頭來，認真地看著他：「妳嫁給他，是因為他有權勢，是嗎？」

「妳嫁給他，」他逼近她，趙芃覺得有些害怕，忍不住往後退去，秦書淮卻是一步一步走到她面前，逼得她抵在牆上，退無可退。

他那時比她高出半個頭，他將她困在身前，壓著聲音道：「只是因為他現在能給妳更多，是不是？」

「是……是吧？」趙芃艱難出聲。

秦書淮閉上眼睛，他平息自己的憤怒和嫉妒，好久後，他慢慢道：「趙芃，我現在配不上妳，我知道。可是妳記得，」說著，他慢慢睜開眼睛，眼中一片堅定：「等我配得上妳那日，我不管妳是嫁給了封崢還是王純，不管妳嫁了多少次愛了多少人，那時候妳得回來。」

聽到這話，趙芃詫異地睜大眼睛，秦書淮抬起她的手，低頭吻在手背上。

「妳是我的妻子，」他聲音低啞：「妳好好記著。」

說完之後，秦書淮放開她便轉身離開。趙芃站在原地，好久後，她才猛地反應過來。

秦書淮喜歡她？那個總是讓她走見她就板臉的人，居然真的喜歡她？

趙芃被這個消息震驚得恍惚許久，那一日人都有些不對勁，於是隔日的宮宴上，她著了人的道。

那天她喝了皇后賜的酒便覺得有些不對勁，趕忙讓侍女帶她回去，結果回宮路途到一半，便突然來了兩個高手。

她從沒想過皇后的膽子居然能大成這樣，那時她已經沒什麼力氣了，便被人直接扛到了冷宮破廟之中。兩個人將她衣服拉扯開來，正要做什麼，秦書淮趕了過來。

那兩個人立刻走了，秦書淮也沒追，匆忙上前替她披了衣衫，將她抱在懷裡，顫抖著道：「對不起我來晚了，是我來晚了。」

「走……」她沙啞著聲音，捏著他的臂膀，顫抖著道：「趕緊……」

秦書淮立刻將她抱起往外走，她整個人都沒了力氣，衣服已經被撕壞了，臉上泛著不正常的紅暈。她咬著牙，整個人都在發抖。然而秦書淮才走了幾步，外面的門便被人猛地撞開。

秦書淮第一個想法就是護住她，這個動作卻讓外面的人更堅定了自己的揣測。一大批人焦急進來，皇帝、皇后、封崢走在最前面，皇帝一進來，看見這場景，頓時目眥欲裂，怒喝一聲：「所有人都下去！」之後，便讓身邊的高手一把將秦書淮扯開。

扯開之後，便看見披著秦書淮衣服，匍匐在地，抱著自己的趙芃。

趙芃瑟瑟發抖，地上是被撕開散了一地的衣服，這場景讓人遐想，封崢首先反應過來，拔劍就指向秦書淮，怒道：「秦書淮我殺了你！」

秦書淮在地上翻滾躲開封崢的劍峰，趙芃聽見旁邊的聲音，用指甲不斷刺著掌心，讓自己清醒一點。

現下她必須做一個決定。

救自己，還是秦書淮。

如果她承認了自己和秦書淮私會，在和封崢賜婚前夕做下這種事，等待她的必然是萬劫不復。她會失去多年經營得來的聖心，而且必須嫁給秦書淮。而秦書淮不過是一個質子，她的婚事本就是她準備給趙鈺最大的支撐，嫁給秦書淮，就意味著最大的籌碼，被她放棄了。

可是如果她指認是秦書淮用計意圖強迫她……

如今她貞潔未失，她還有機會翻盤嫁給封崢。可是秦書淮呢？

一個質子意圖強迫一國公主，而這位公主還是馬上要賜婚給重臣的未婚妻，對於秦書淮而言，這必定是死路一條。

理智告訴趙芃，她該開口的。

可是她聽著打鬥聲，聽見秦書淮被擒拿下，聽見他被人按壓在地悶哼出聲，她腦海裡卻是那年她送母后上山，他站在她身後，替她撐起棺槨；是那年他們躲在獵人挖的深坑裡，他張開手，將她攬在懷裡；是以他的才智，他明知道這是一場針對他二人的局，他卻仍舊義無反顧衝過來，至今沒有開口說一句話。

於是她也不知道當時在想什麼，她猛地抬起頭，目光灼灼地看著皇帝，冷靜道：「請父皇將兒臣賜婚給齊國太子秦書淮。」

這話一出，眾人皆驚，封崢豁然回頭：「妳說什麼？」

「兒臣傾慕秦太子已久，請父皇念在多年父女之情，成全兒臣。」趙芃跪下去，深深叩首。

皇帝被氣得抬手指著她，好久後，終於吼出一聲：「依妳！就依妳！妳要保他，那就後悔一輩子吧！」

說完，皇帝便帶著所有人離開，趙芃猛地舒了一口氣，秦書淮到她身前，溫柔地將她摟在懷裡。

「妳不會後悔的，」他沒有想到她的選擇，緊緊抱著她，沙啞道：「芃芃，他們能給妳的，我早晚都能給妳。他們不能給妳的，我也能給妳。」

「趙芃，」他抬眼看她，將額頭抵在她的額頭上，清澈的眼裡全是堅定：「終有一日，我會回到齊國，榮登寶座。那時候妳會坐在我身邊，與我攜手，分萬里江山，坐萬人之上。」

「這一輩子，」他許諾她：「我只有一個趙芃。」

她抬眼看他，聽著他的話，忍不住笑了。

他和她不一樣，她說的話總是真真假假，而他說的話卻是言出必行。

可是這一次，她卻想說真話。

「秦書淮，如果我只是想救你呢？」

「如果我不愛你，我只是想救你呢？」

「愛我或者救我，」秦書淮慢慢笑了：「妳終歸是我妻子。」

那是她唯一一次說出真話，後面的時日，她總覺得，既然過一輩子，那麼假話多說一些，讓這個人開心一些，未必沒什麼不好。

說得多了，大家都信了，甚至有時候，趙芃自己也信了。

然而是什麼樣的場景，讓她把這話說出口呢？還是秦書淮從一開始，就不信呢？

於是秦芃半蹲下身子，看著秦書淮，溫和道：「秦書淮，為什麼你覺得，趙芃不愛你啊？」

秦書淮聽著這話，一陣冷風吹過來，這時他清醒了許多，他看著面前仰頭瞧著他的秦芃，感覺這個人和趙芃真是像極了。

那仰頭看他的樣子，簡直一模一樣。

可他酒醒了一些，自然不會認不出來，於是他抬起手來，按住太陽穴，閉上眼睛，似乎頭疼道：「公主殿下跟著我來這裡，怕是跟了許久吧？」

秦芃：？

這人酒醒這麼快的？

說著，秦書淮又道：「跟我這麼久沒讓我發覺，真是好身手。」

「過獎過獎。」秦芃有些尷尬，站起身來，打了招呼道：「那個，沒事我走了哈。」

「站著。」秦書淮冷下聲音，秦芃頓住腳步，回頭看他，秦書淮睜開眼睛，看著秦芃。

「姜姑娘，」秦書淮聲音篤定：「偽裝成四公主，怕是費了不少功夫吧？」

秦芃愣了愣，秦書淮心裡有些猶疑，這人若真是姜漪，那實在是太有心計，也太能偽裝了。

那日秦芃去了姜家墓地後，秦書淮就在懷疑。

秦芃以前是一個哭哭啼啼的女人，如今的秦芃卻能武能算。

當年姜漪死後，屍體便被白芷帶走，而如今白芷卻出現在秦芃身邊，姜漪的屍骨也遲遲不見。

王珂是他的人，知道的女人就姜漪和趙芃，趙芃已死，那麼只能是姜漪。

種種跡象，都直指秦芃，可能就是姜漪。

白芷當年曾在姜家當客卿，如果姜漪當年知道他要殺她，假死逃脫，然後讓白芷偷走屍體，再死而復生，接著想辦法將自己換成了秦芃，又依靠白芷的指點模仿趙芃迷惑他，再借由秦芃的身分牽制他……

如果從這個角度想，很多想不通的問題就能順理成章。

於是秦書淮篤定，秦芃必然是姜漪。

然而此刻秦芃的反應，卻出乎秦書淮的意料，看她的樣子，彷彿真的不知道他為什麼這麼說。

而秦芃茫然之處則在於——

他不覺得她像趙芃，反而覺得她是姜漪？

他對趙芃果然不是真心的！

驚異過後，秦芃恢復平靜。

她大概明白秦書淮的想法。大多數時候，秦書淮都和白芷一樣，是一個極為理性的人。秦書淮能接受姜漪死而復生，因為姜漪的屍體被人盜走，姜漪可能是假死。然而趙芃卻是死在他懷裡，他看著她封棺，看著她葬進黃土，絕無活下來的可能。

秦芃想明白後，她歪了歪頭，笑著道：「攝政王這話是什麼意思？」

秦書淮眼中露出嘲諷：「我殺妳姜氏全家，妳不恨嗎？」

「王爺，」秦芃勾著嘴角：「您怕是認錯人了。」

「本以為姜家最厲害的是妳父親，結果未曾想過，居然是姜小姐。若早知道姜小姐如此神通廣大，秦某不該成親當日就將小姐送往後院，該多多接觸拜訪才是。」

秦芃有些無奈了，她嘆了口氣：「你說的姜小姐，到底是誰？同我很像？」

「姜漪，」秦書淮冷下聲音：「妳還要同我裝嗎？」

「哦，」秦芃點點頭：「您是在說您第二任妻子姜氏，她與我有什麼關係嗎？」

秦書淮不說話了，他心知如今從秦芃口裡絕對套不出話來，秦芃的反應滴水不漏，他也猜不出秦芃到底是不是姜漪。他本來是想說出來唬一唬秦芃，卻不曾想秦芃這麼堅強。

而對於秦芃而言，她當然不怕，畢竟她知道姜漪是真的死了。

除非秦書淮有一日開始信鬼，不然他一輩子都想不到真相如何。

秦書淮和秦芃靜靜對視，過了一會兒，秦書淮閉上眼睛，淡道：「妳走吧，以後不要再來。」

秦芃點點頭，也沒多留，轉身就走了。

第二日回了朝堂，秦書淮又換回了髮冠，和平日沒什麼差別。兩人相敬如賓，朝堂上倒也其樂融融。

而民間則是出了一個案子。

這案子倒也沒什麼奇事，無非就是當年一個秀才為了迎娶高門貴女將自己的妻子殺死，謊稱自己沒有妻子，卻被自己兒子告上了公堂。

這案子原在鄉野，十多年過去，秀才如今在揚州身居高位，他兒子一路告上宣京，這才引起了震動。

民間議論紛紛，各大戲班子相應推出了話本，這個故事被說書先生改編成了故事，廣為流傳。

故事中這位秀才不知廉恥陰狠毒辣，想盡辦法置髮妻於死地，讓百姓為之憤怒。

如今這位高官已經閉門不出，而高官位居揚州刺史之位，宣京中順天府尹起初不敢接案，等後來群情憤慨，將順天府堵得水泄不通後，驚動了御史，於是御史當朝彈劾了順天府尹怠忽職守之罪。

從一個陳年舊案變成了驚動全國導致順天府尹被彈劾的大案，這一切自然是秦芃在後面推波助瀾。

秦芃忙著推動舊案的時候，秦書淮則忙著查秦芃的過去。他十分想知道，姜漪到底是怎麼變成秦芃的。

然而查姜漪的時候，他卻查到了另外一件舊事。

陸祐當年是姜漪救過的，而後才到他身邊來。如果不是查姜漪的過去，秦書淮根本不知道。

他再順著陸祐查下去，才發現當年姜漪一直和陸祐聯繫。而在衛衍回來之前，陸祐和秦芃在素裝閣見過，並且每次秦芃去當年和陸祐聯繫的地方喝茶時，陸祐都剛好不當差。

這蛛絲馬跡聯繫起來，如今秦書淮幾乎肯定姜漪就是秦芃，但他仍舊有很多疑惑。

比如姜漪如果真的假扮秦芃，為什麼不小心翼翼遮掩痕跡，就算其他人不熟悉秦芃，難道衛家人也不知道嗎？

秦書淮打算找衛衍試一試，然而這個時候，彈劾順天府尹的事捅到了朝廷上。

秦書淮本來是沒怎麼管這個事的，但當他聽到「為權勢謀殺髮妻……」時，他不由得冷了臉，將目光轉到簾子後面秦芃的臉上。

秦芃還像往日一樣，斜斜依靠在扶手上，隔著幕簾看不出她的神情，秦書淮卻總覺得，此刻她似乎有些高興。

秦書淮聚精會神聽了御史的言辭，順天府尹跪在地上瑟瑟發抖，末了，秦書淮便明白，這大概是秦芃給他設下的套了。

可他不太確定秦芃要如何出手，只能以不變應萬變。御史大夫詢問此事如何處理時，秦書淮淡道：「順天府尹知情不報，交刑部處理，此案涉及高官，移交大理寺。」

「稍等。」秦芃突然出口，眾人都看了過去，秦芃鄭重道：「按照張御史所說，此案已經引起民憤，其根本之因在於此案若是真的，那凶手殺妻之舉已是罔顧人倫的畜生行徑，此案若不能妥善處理，不僅讓輿情更加難以處理，長遠來看，怕是將引民間風氣不正。」

每一個案子都對後面相似案件的審判有指引作用，而每一個案子的結果，也會對當時社會風氣造成影響。

這一點秦芃說在了點子上，大家也覺得沒什麼，於是秦芃繼續道：「本宮以為，此案最好由御史大夫謝谷親自公開審案，大理寺、刑部協查輔助，諸位大臣以為如何？」

朝臣商議了一會兒，認為這樣不錯，秦書淮也沒有阻止，便定了下來。

等下朝出去，江春跟上秦書淮，小聲道：「王爺，這個案子明顯是衝著您來的，您怎麼不阻止？」

「阻止什麼？」秦書淮面色平靜：「這案子長公主說得不錯，該怎麼辦就怎麼辦吧。」

「可是……」

「能有什麼可是？」秦書淮斜眼瞟過去：「我就殺過一個姜漪，姜漪如今沒死，他們還能怎樣？難道他們還敢到北燕去挖趙芃的墳出來？」

說到這裡，秦書淮眼中露出戾氣：「他們敢再提趙芃一次，我就將他姜家祖墳再挖一遍，我倒要看看，她姜漪是不是和她爹一樣硬骨頭！」

因為這案子早已準備好了證據的，謝谷出手後，沒有多久就將案件審理下來，判凶手死刑，一時大快人心。

結果出來時，秦芃和白芷正在屋裡喝茶，聽聞案件結果出來，秦芃忍不住大笑出聲，拍掌道：「好好好，謝谷是個識時務的，有此案在先，我倒要看看秦書淮要怎麼洗自己。」

說著，秦芃親自給白芷倒了茶：「姜漪的屍骨，就埋在護城河外張家村附近吧。」

「嗯？」

「看天色，過兩日應該會有暴雨，秦書淮在張家村有一個私宅。張家村沿河的山崖土質稀疏，暴雨後容易坍塌，屍骨自然會落下來。」

「好。不過，」白芷有些憂慮：「此案怕是無法一舉扳倒秦書淮……」

「那是當然，」秦芃喝了口茶，面色平淡：「要是秦書淮這麼容易被扳倒，他能坐到這個位子，簡直是奇跡。這個案子，咱們只要能換到揚州刺史的和順天府尹的位子，便夠了。」

「要扳倒一個權臣，從來不是靠某一個案子，而是他被你一點點蠶食，澈底沒了反抗的力氣。」秦芃把玩著手裡的瓷器，面上有了冷意：「到時候隨意一個理由，就能讓他不得翻身。而前面所有，不過是試探罷了。」

「公主想得周到。」白芷點點頭。

秦芃卻有些奇怪，她抬頭看向白芷：「就算給妳主子報仇，妳真打算陪我在齊國耗上這麼多年？」

「是。」

「值得嗎？」

「值得。」

秦芃微微一哽，她想說什麼，卻說不出來。而白芷卻是突然抬頭道：「今日是不是公主入宮探望陛下的日子？」

「哦對，」秦芃點點頭，她驟然想起秦銘，起身道：「我去瞧瞧他。」

縱然秦芃的原身已經死了，可是秦芃卻還是能感知著她留下來的感情的。秦芃對她母親李淑感情不深，對這個弟弟卻很是愛護。加上趙芃本來就是個疼愛弟弟的人，看見秦銘，秦芃便覺得很有親切感。

秦芃進宮的時候，秦銘正在跟著柳書彥上課，秦芃悄悄走進去，柳書彥瞧見了，秦芃趕忙做了一個「噓」的姿勢，瞧著前面的秦銘。

秦銘正低頭認真練字，一筆一劃寫得端正。柳書彥就靜靜瞧著，時不時提點他。等寫完之後，已經過了半個時辰。柳書彥宣布下學之後，秦銘恭敬給柳書彥行了個禮，這時就聽秦芃在後面感慨了一聲：「阿銘真乖！」

「姊姊！」

秦銘激動回頭，往秦芃奔過去。

秦芃一把抱住他，將他扛了起來。秦銘有些不好意思地掙扎，小聲道：「我是皇帝了，妳這樣抱著被人瞧見了，人家要笑話我的。」

「胡說！」秦芃挑起眉頭：「誰敢笑話我們阿銘？我打他！」

聽了這話，秦銘甜小心翼翼笑起來，秦芃抱著他往前走去，同時同柳書彥道：「柳太傅今日留膳吧，我有些關於阿銘的問題想問問太傅。」

「是。」

柳書彥跟上秦芃，同秦芃一前一後往用膳的地方去，走了一會兒，秦芃便覺得秦銘有些重了，這具身體畢竟是沒習過武的，打架還能靠技巧，這麼抱一個孩子，卻是極其考驗力氣的。秦芃抱久了，手微微有些打顫，柳書彥注意到了，便伸手道：「我抱陛下吧。」

說著，就將秦銘從秦芃懷裡抱了過來。秦芃明白柳書彥的意思，直接道：「你讓阿銘自己走好了，我就是想抱抱他，抱不動了，他便自己走吧。」

柳書彥聽了秦芃的話，笑著將人放下了。低頭的時候，他的髮帶纏在秦銘的髮冠上，被逼著彎著腰不能動。

他沒有分毫不耐，低頭解了會兒髮帶。

陽光落在青年白俊的面容上，看上去溫和恬淡，秦芃靜靜瞧著，恍惚想起年少時自己想過的夫君。

年少時勾勒自己夫君的時候，她也是想過的。她想像裡，那個人該溫柔安定，該對趙鈺很好，該很有耐心，又剛毅堅韌，擁有自己的底線。

此刻看著柳書彥，她忍不住感慨，覺得當年若是早一些遇到柳書彥，怕是不會嫁給秦書淮。

柳書彥解了會兒髮帶，但髮帶卻莫名其妙越纏越緊，他有些無奈，只能抬頭看秦芃：

「公主殿下，可否幫個忙？」

「幫忙？」秦芃將目光落到髮帶上，慢慢反應過來，她勾起嘴角，笑了笑道：「行啊，你誇誇我，誇高興了，我就幫你。」

聽了這話，柳書彥有些詫異，片刻後，他抿了抿唇，笑出聲來。

「公主真美。」

霞光下，他由衷讚嘆。不知道怎麼的，秦芃就覺得，自己心跳急了點。

她抬手遮住落進眼裡的光線，感慨出聲：「不行，光太刺眼。」

「嗯？」

「心跳加快。」

柳書彥：「……」

第十三章 姜氏

柳書彥跟著秦芃回了屋裡，秦芃讓人布了飯菜後，便同柳書彥聊秦銘的學業。

秦銘就在一旁靜靜聽著，時不時看看秦芃。柳書彥學識淵博，又有行軍打仗的經驗，講起東西並不拘泥於書卷，連秦芃都覺得頗為受益。她點著頭，突然覺得秦書淮當初舉薦柳書彥，或許真的只是因為柳書彥適合？

這樣想著，吃了飯，她便直接問了：「上次柳大人同我說自己與攝政王並沒有什麼關係，那柳大人覺得，攝政王是因著什麼推薦的您呢？」

此時周邊沒什麼人，也就秦銘在旁邊吃著東西，秦芃直接問了，柳書彥倒也不忌諱，想了想道：「其實攝政王是一個非常公正的人，哪怕你同他有過過節，但你適合，他便會舉薦。」

「是這樣嗎？」秦芃狐疑地瞧著柳書彥。

柳書彥笑了笑：「我與他不算敵人已是很好，能說出這話，已是極其中肯，不然，我是要說他壞話的。」

秦芃覺得柳書彥這人怪有意思的，又同他多聊了幾句，而後送他離開。等柳書彥走了，秦芃正想離開，就感覺被人扯住了袖子。

秦芃回過頭去，看見秦銘可憐兮兮地瞧著她。

「怎麼了？」秦芃放軟了聲音，蹲下身子來，詢問道：「有什麼不開心的？」

「姊姊……」秦銘低下頭，小聲道：「姊姊能不能陪我睡一晚啊？」

秦芃愣了愣，秦銘說完，似乎覺得自己說錯了什麼，趕忙道：「我隨便說說的，姊姊妳就當我孩子氣……」

「那就孩子氣吧。」秦芃瞧著秦銘小心翼翼的樣子，心裡有些發酸。

尋常人家九歲的孩子，還是天真爛漫的，秦銘卻是活得這樣小心，就連想讓姊姊陪陪他的要求，都要這麼斟酌再三。

秦芃想起當年的趙鈺，那時趙鈺比秦銘活潑多了，她握住秦銘的手，溫和道：「你本來就是個小孩子，想要什麼，就告訴姊姊。對的，姊姊給你；錯的，姊姊告訴你，好不好？」

「好。」秦銘重重點頭，一把抱住秦芃，認真道：「我想要姊姊永遠對我好，永遠保護我！」

「當然，」說著，秦銘仰起頭來，滿臉堅定：「我也會對姊姊特別好，保護姊姊的！」

秦芃咯咯笑起來，抱著秦銘走進去，捏了秦銘鼻子道：「就你嘴甜。」

「我不是嘴甜，」秦銘有些著急：「我是認真的！」

「知道了知道了，」秦芃哄著孩子道：「我們家阿銘長大了，是要保護我的！」

因為秦芃陪著，那日晚上秦銘特別高興，他親自去給秦芃鋪床，姊弟兩躺在一起，秦芃溫和道：「睡吧。」

秦銘生得瘦小，九歲了看上去也就六歲一般大，秦芃捏了捏他的肉，嘀咕道：「要多吃一些。」

「嗯，好，我多吃！」秦銘對秦芃的要求都及時回應。

秦芃笑了笑，卻有些奇怪：「阿銘，我說的話你都會做到嗎？」

「會的。」秦銘點點頭，想了想，他伸出手，小小的手握著秦芃的手，抬眼看著她：「所以，姊姊能不能不要離開我？阿銘很乖的。」

「你為什麼覺得我會離開你？」秦芃有些詫異，她以為這樣的念頭，她埋藏得很深了，然而秦銘還是看了出來，他瞧著她的臉，眼裡滿是擔憂道：「我總覺得，早晚有一日，姊姊會不是我的姊姊，會離開我。」

「姊姊心裡有另一個家，」秦銘靠著她，聲音有些沙啞：「姊姊不會一直疼愛我，我知道的。」

「你……」

秦芃一時不知該說什麼。人家都說孩子敏感，她以前不知道，如今卻從秦銘身上深刻感受到了。

他或許都說不清為什麼這麼覺得，可是直覺卻成為他最準確的判斷。

秦芃抱著他，不知道該說什麼，輕拍著他的背，慢慢睡了。

半夜，秦芃被秦銘的哭聲驚醒，她發現秦銘被夢魘著了，她搖醒秦銘，秦銘睜開朦朧的眼，一頭扎進秦芃懷裡。

秦芃撫摸著他的髮，溫和道：「阿銘，你夢見什麼了？」

「我夢見姊姊走了……」秦銘顫抖著聲音，描繪著夢境：「夢裡沒有姊姊，我當了皇帝，很快就死掉了。」

「他們給我餵了毒藥，用白綾絞在我的脖子上……母親在一旁哭，哭得很傷心，可我還是死了……」

秦銘整個人都在顫抖，秦芃內心情緒密密麻麻翻湧起來。

秦銘抬起頭，看著秦芃，含著眼淚道：「姊姊不要離開我，好不好？」

秦芃不敢說話，她想回答他，卻回答不出來。

說不離開，那是騙他。她是北燕人，她的弟弟還在北燕等著她。

說離開，卻太殘忍。

秦銘的話是對的，如果她趙芃沒來，如果真的只是這個秦芃，或許秦銘的命運就是如此。賞毒酒一杯，鳩殺後秦書淮光明正大上位。

一旦她離開，秦書淮一定會把秦銘生吞活剝了。

這個皇位本來就該是秦書淮的，等秦書淮權勢穩固，哪裡還需要一個傀儡皇帝？

可是她總不至於為了秦銘一直留在齊國。

秦芃這麼想，腦子裡有了另外一個念頭——不待在齊國，回北燕做什麼？

她在北燕在意過的人就三個，趙鈺、秦書淮、白芷。

如今秦書淮成了仇人，白芷就在身邊，就一個趙鈺在北燕。而如今的趙鈺皇位穩固，北燕風調雨順，那個需要她守護的少年已經長大了，她如今死而復生的回去，他相信嗎？哪怕他相信，他又需要嗎？

他親手冊封了一個鎮國長公主，如果秦芃回去，他們之間的親情，經得住權勢和時間的考驗嗎？

這一個個問題出來，對上秦銘清澈渴望的眼神，秦芃突然有了荒唐的念頭：或許，不回去也是可以的。

她已經是秦芃了，這是沒有辦法改變的事實。她要變回趙芃，註定是一條艱難的道路。而且回到北燕，那裡只有一個不知道歡不歡迎她的趙鈺；留在齊國，這裡卻是有需要她保護的弟弟秦銘、等著她手刃的仇人秦書淮。甚至於，她也許還會在這裡有個家，有個孩子。

她完全能在這裡擁有新的人生。

秦銘滿眼渴求地看著秦芃，秦芃不知道是原身的情緒，還是她因秦銘給予她的毫無保留的依賴和信任讓她產生的好感，她突然很想揉揉秦銘的頭，然後答應他。

秦銘再問了一遍：「姊姊，妳不要拋下我，好不好？」

秦芃有些無奈。

想了想如果有一日，秦銘是因為她的拋棄走到了被逼死的道路，她是無法忍受的。

於是她只能回答：「好。」

「我陪著你長大，你別擔心了，嗯？」

得到秦芃的許諾，秦銘終於放下心來。他用手掌貼著秦芃的手掌，很認真道：「姊姊等我長大，到時候姊姊想要什麼，我都給姊姊拿來。」

秦銘說得那麼認真，讓秦芃還有些猶豫的內心安定下來。她看著秦銘的樣子，莫名其妙覺得，對於秦銘，她是有責任的。

因為秦銘夢魘，後半夜是秦芃抱著睡的。等第二日醒過來，秦芃拉著秦銘上了早朝。

揚州刺史殺妻的案子被判後，早朝的戰場焦點就轉移到了揚州刺史的人選上，張瑛和秦書淮的人吵了個翻天覆地，也沒吵出什麼結果來。反倒是爭執間雙方互相撕咬，拉出了一大串官員帶大不小的罪名來，每日御史臺的御史忙著上摺子，早朝雖然沒什麼大事，卻異常熱鬧。

三日後，宣京下了一場大雨，雨勢極大，好幾個地方坍方。

大雨後一日清晨，有人在河岸邊發現一具女屍。

這女屍已腐爛得接近白骨，外面的衣服沾染了泥土，被侵蝕得破破爛爛，卻仍舊能看出服裝極好。

她是在護城河裡被發現的，人們猜想是她原來埋在山上，山洪坍方後，被沖了出來，落進了護城河中，飄了出來。

這具女屍被打撈起來確認身分時，秦書淮正在和謀士說話。

謀士有些擔憂道：「若他們查出了姜氏之死是王爺操縱……」

「不會的。」秦書淮果斷開口，低下頭，垂眸道：「姜漪沒死。」

話剛說完，一個僕人就跑了進來，焦急道：「王爺，順天府的人來說，找到姜夫人的屍體了！」

秦書淮：「……」

因為秦書淮有三位妻子，所以除了趙芃，都在夫人前面加了姓氏，被稱為某夫人。

例如董婉怡叫董夫人，姜漪則是姜夫人。

秦書淮趕往順天府的時候，一路都在想到底是怎麼回事。

姜漪的屍體？難道姜漪真的死了？

不可能。

秦書淮皺著眉頭，他的判斷很少出錯，秦芃絕對不是秦芃，她的所作所為，完全是姜漪該有的行為。

那具屍體是假的。

秦書淮是這麼想的，直到他見到了屍體。

屍體穿的還是當初姜漪死前的衣服，哪怕已經十分破爛，但依稀能看出原來的模樣。她頭髮上的髮簪，手上的鐲子，全都一模一樣。

秦書淮來的時候，屍首已經驗過了，這事是秦芃一手督促的，在秦書淮來之前，秦芃已經趕到了順天府，她親自帶了仵作過來，直接開始驗屍，秦書淮到時，驗屍已經差不多到了收尾階段了。

秦書淮看著仵作遞上來的驗屍結果，因為屍體只剩下一堆骨頭，所以很多傷口都不能考證，光從骨頭來看，姜漪身上至少遭遇了七次傷害，分別來自三種武器。

這和當年的情況是完全吻合的，而且根據蒸骨後浮現出來的瘀痕形狀來看，秦書淮一眼就認出了是江春的劍。

所有事實都提醒著秦書淮這個人的確就是姜漪。

可如果姜漪死了，那麼秦芃到底是誰？

秦書淮緊皺著眉頭，看著屍骨，旁邊仵作戰戰兢兢道：「王爺，這結果，您看完了嗎？」

秦書淮回過神來，看著旁邊的仵作，淡道：「誰准許你驗屍的？」

話剛出口，仵作撲通就跪了下去，拚命磕頭道：「小人該死，小人知罪，小人……」

「行了，」坐在一旁喝茶的秦芃看不下去了，同仵作道：「是本宮讓他驗屍的，王爺覺得有什麼不對嗎？」

「按照我朝律法，未經親人同意或有親人在場，不得驗屍。」秦書淮冷眼看向秦芃。

秦芃笑咪咪接道：「可我朝律法也注明，無名屍體例外，可由官府直接驗屍。」

「這是淮安王妃。」

「在驗屍前我們可不知道。」秦芃撒著謊：「也是驗屍驗到一半，本宮眼尖，瞧見了她衣服上的花樣十分別致，讓人打聽了才知道這是淮安王府王妃的圖樣，說起來，」秦芃換了個姿勢，撩了撩頭髮：「攝政王該謝謝本宮才是。」

聽了這話，秦書淮冷笑出聲，此時明事的人都知道，這明顯是秦芃給秦書淮設的局，不然秦芃哪裡來這麼大的功夫，從頭到尾跟著這個案子？

秦芃知道秦書淮明白她的意思，她也不打算遮掩自己的意圖。她和秦書淮的關係從來沒好過，也不怕多得罪這一次。

「言歸正傳，如今找回了淮安王妃的屍首，不知王爺如何打算？」

「什麼如何打算？」

秦書淮知道秦芃心裡的小九九，面上仍舊要假裝淡定。秦芃看秦書淮的模樣就知道他此刻心裡必然已經惱了，不由得有幾分竊喜。

秦書淮不開心，她就開心了。

她換了個姿勢，繼續道：「驗屍的結果您也看到了，夫人明顯不是自然死亡，既然是被殺，當然要抓凶手，不知王爺是打算將這個案子送到刑部還是大理寺？」

秦芃沒有問要不要查，而是直接給了兩個看上去十分公正的選項。

秦書淮瞧著秦芃，眼中帶著冷意：「公主的意思呢？」

「不如交給我？」秦芃眨了眨眼。

秦書淮面色不動，冷靜道：「術業有專攻，此案涉及皇親貴族，還是交給大理寺吧。」

說著，秦書淮便去招呼了人，一一吩咐好後，秦書淮同江春走了出去。

江春心裡有些沉重，當年姜漪是他親自下手，如今他還記得當時的場景，這人必然是姜漪。可姜漪的屍首被白芷拿走，如今白芷又突然將屍體弄回來，這是要做什麼？

「屍體確認是嗎？」秦書淮走在前面，問後面沉思著的江春。

江春應了聲：「看傷口，的確是。」

秦書淮點點頭。

此刻他意識到，自己的方向完全錯了。

秦芃不是姜漪。但是秦芃是一個認識白芷、認識陸祐、會去姜家祖營祭拜，並時刻準備著為姜家復仇的人。

又或許，不是為了姜家，而是為了其他。總之這個人，處心積慮靠近他。

這樣一個人，會是誰？是姜家的舊部，還是其他人？

秦書淮心裡全是懷疑，江春跟著秦書淮上了馬車，憋了半天，終於道：「王爺，這件事要怎麼辦？」

江春心裡倒不是太怕，秦書淮不是會推下屬出去擋刀的人，江春也不怕為秦書淮擋刀。只是這刀來得太突然，太憋屈，讓人連還擊之力都沒有，就有些噁心人了。

江春不甘心在這種情況下被推出去擋刀，與其如此，還不如讓他挨刀之前去砍了秦芃。

秦書淮抬眼看了江春一眼，首先道：「別擔心，我不會讓你出事。」

「屬下不怕出事，」江春捶了一下車壁，恨道：「屬下只是覺得糟心。」

「他們在暗，我們在明，本就被動。」秦書淮思索著近來的事情，慢慢道：「秦芃不是傻子，如今她實力不濟，不可能用這個案子扳倒我，她不敢太強硬，怕是有所圖謀，搞清楚她要什麼便好，你不用太過擔心。」

「問題只是在於——」秦書淮眼中有了冷意：「她到底是誰？」

搞清楚敵人，才能摸清對方的實力，明白對方到底能做到哪一步。

比如如今姜漪的事情，之所以能打秦書淮一個措手不及，就在於秦書淮根本無法預想到，姜漪居然真的死了。

而且秦芃既然敢將這個案子鬧這樣大，做這樣多鋪墊，必然已經準備好了證據，也就是說，秦芃身後的人至少從當年姜漪的死開始，就經營著針對他的一場大局。

秦書淮感覺自己像是落在蜘蛛網上的蚊子，正在和蛛網拚命抗爭，而那暗處的蜘蛛默默吐絲織網。

這樣的感覺讓秦書淮覺得分外不安，然而他目前沒有直接抓住那隻蜘蛛的辦法。

他只能先解開纏在自己身上的蛛絲。

他匆匆趕到王府，跳下馬車，直接同江春道：「將陸祐抓過來。」

江春微微一愣，秦書淮知道江春沒反應過來，再次重複：「陸祐。」

「是！」

江春終於回神，心中卻是劇烈震動起來。

在對身邊人的敏感度上，秦書淮從未出錯過，然而江春千算萬算也沒有想到，陸祐居然是奸細！

江春帶著人去抓陸祐，陸祐正在屋裡收拾東西。

他聽聞姜漪的屍體找到了，就知道要出事。雖然他自認為自己的偽裝沒有任何問題，但他十分相信秦書淮的敏感程度和能力。他從未見過觀察力比秦書淮更敏銳的主子，所以秦芃準備動手，陸祐也同時做好了逃跑的準備。

他剛收拾好東西，就聽到外面傳來急促的腳步聲，陸祐根本不作他想，從窗戶直接跳了出去。

與此同時，江春一腳踹開大門，看見開著的窗戶，江春瞳孔急縮，朝著窗戶迅速跑去，看著陸祐跑遠的背影，怒道：「攔住他！」

陸祐這人外號泥鰍，要是出了王府，還想找到他，就太難了。

陸祐聽到江春的聲音，心立刻沉了下去，明白自己暴露了。

雖然他不知道自己是怎麼暴露的，但這並不妨礙他逃命。

周邊的人猛地朝他躍過來，他拔出劍。

既然已經不打算隱瞞，他也就將自己真實實力暴露出來，江春接過他第一招，立刻反應過來，怒道：「陸祐，你果然是姜家的走狗！」

聽了這話，陸祐哈哈大笑，劍在手中迅速打轉成圓，逼著江春退了一步後，他朗聲道：「寧做姜家狗，不做秦府人。江大人這條秦府的好狗，叫得倒是響亮得很！」

「陸祐！」江春冷下臉來：「這些年來，我將你當做兄弟，你就如此待我？」

陸祐手上動作微微一頓，片刻後，他抬起頭，平靜道：「可是江春，從你和秦書淮聯手殺了小姐那一刻，你我註定就當不成兄弟。」

說著，陸祐長劍猛地刺了過去，冷道：「對不住了。」

陸祐的長劍逼近江春，江春眼中有了冷意：「既然你不當我是兄弟，那我也沒什麼留情的必要！」

「放馬過來！」

話音剛落，長劍交纏在一起。

陸祐的劍術本就比不上江春，外加有其他侍衛圍攻，糾纏沒有多久，陸祐的劍就被江春挑開，十幾把劍停在陸祐脖頸上。

江春壓著陸祐來到秦書淮身前，逼著陸祐跪下，秦書淮喝著茶，看著跪在地上的陸祐，一言不發。

空氣安靜得讓人覺得有些壓抑，陸祐被江春帶著人先揍了一頓，此刻身上都是傷，因為疼痛匍匐在地上。

秦書淮喝完茶，終於抬眼看向他：「給你時間想清楚了，現在想明白了？」

「王爺什麼意思？」

「我待你不薄。」秦書淮放下茶杯，對於陸祐的背叛，他似乎沒有什麼太大的感覺，只是道：「你這樣對我，能不能告訴我，為什麼？」

「為什麼？」陸祐冷笑出聲：「王爺為何不自己猜猜？」

「你是姜漪的人。」

秦書淮開口，陸祐倒很是平靜，沉默著不說話。

他不知道自己暴露了多少，乾脆不說，秦書淮看著他的神色，從他表情做推測：「你來我身邊，是姜漪指示。當年姜漪死後，你和你的同黨就開始謀劃報仇，宮變之後，你的同黨偽裝成了四公主，想要在四公主的位子上扳倒我，為姜漪報仇。」

聽了秦書淮的話，陸祐澈底放下心來，根本不答話了。

秦書淮看見陸祐的樣子，便知道自己想錯了，如今陸祐有了警惕，他再問什麼，也問不出來。

他點了點頭同江春道：「帶著他去衛府。」

聽了這話，陸祐還是沒什麼反應，秦書淮瞧了他一眼，推著輪椅出去。

他反覆思索著陸祐的態度和姜漪的屍骨。

姜漪的屍體出來，秦芃必然不是姜漪。可是陸祐的反應卻又告訴他，秦芃也不是姜漪的同黨，那秦芃是誰呢？

秦書淮感覺這輩子都沒有這麼疑惑過，他思索著帶著陸祐來到衛府，這時秦芃正和白芷商量著下一步，聽到秦書淮來了，兩人對視了一眼，白芷率先道：「他來做什麼？」

秦芃腦子裡迅速把近日的訊息過了一遍，有些不確定道：「或許，是來送禮。」

白芷有些疑惑：「送禮？」

「他不是會做無謂掙扎的人。」說著，秦芃抬手道：「請王爺進來。」

過了一會兒，秦書淮便被江春推著進來。

秦芃笑咪咪抬頭：「王爺。」

白芷站起身來，知趣地退了下去，江春也跟著退了下去，房間裡只留下秦芃和秦書淮兩人，秦書淮掃了秦芃手邊堆得滿滿的卷宗一眼，淡道：「準備得很充足。」

「嗯？」

「先以揚州刺史殺妻案將輿論推到高潮，在此案之後，我殺姜漪之事一旦爆出，一方面有先例在前，不能判得太輕；另一方面百姓剛經歷相似的案子，對我難免會套上凶犯的印象，我多年經營的聲譽也就毀於一旦。」

「鋪墊做好了，如今步入正題，我很好奇，妳手裡到底有多少證據，能證明姜漪是我殺的呢？」

秦芃看著秦書淮，將手中卷宗往桌上一扔，向後靠去：「王爺連狡辯都沒有，直接上我這裡來承認了所有，是打算破罐子破摔了？」

「我需要否認嗎？」秦書淮平靜地瞧著她：「妳以為妳能憑一個案子扳倒我？」

「我的確不能憑藉一個案子扳倒一個攝政王，」秦芃一隻手搭在扶手上，一隻手撩了撩後面的頭髮，挑眉道：「既然我什麼都做不了，王爺來這裡做什麼呢？」

秦書淮沒說話，秦芃嗤笑出聲：「心虛就心虛，還裝什麼大尾巴狼？我動不了你，我還動不了一個江春嗎？」

「妳敢。」秦書淮連威脅的話都說得平靜。

秦芃眼中帶著冷意：「你以為我做這麼多是為了什麼？冤有頭債有主，殺了人就得付出代價，他江春敢殺人，就該做好早晚被人反殺的準備！」

秦書淮沒說話，他抬手給自己倒了茶，茶尚有餘溫，是頂好的龍井。

當年趙芃就愛喝龍井，北燕地處北方，不產茶葉，每年趙芃都要托人從南方大量採購。

趙芃喜歡喝，秦書淮就跟著喜歡上，此刻喝著龍井，秦書淮找到了一些熟悉感，讓他心裡安定許多。

秦芃這一次並不打算對他怎麼樣，而是一心一意放在江春身上。他自保沒有問題，但如果秦芃狠了心要找江春的麻煩，怕是難纏。

秦書淮冷靜，秦芃跟著冷靜下來。秦書淮是個喜怒不形於色的人，可她不是，她打小就是什麼事都寫在臉上的性子，除非刻意隱忍壓制，否則大多數時候，她都寧願自己活得張揚一些。

誰打她一巴掌，她就抽回十八掌。

誰給她不痛快，她就千倍百倍給誰不痛快。

她以前就同秦書淮說過，有什麼別放在心裡，憋久了，人就憋壞了。要麼身體壞了，要麼心壞了。

她覺得秦書淮如今長歪成這樣，這性子得負極大責任。

秦書淮喝了茶，覺得把秦芃晾夠了，終於道：「公主的意思，我明白。那麼我就問一句，公主是半步退讓不得嗎？」

「王爺什麼意思？」

「姜漪已經死了，公主就算讓江春搭上這條命，也沒什麼用，不如妳我商量一下，公主想要什麼，不妨說出來。」秦書淮說得直接：「揚州刺史的位子，公主覺得，夠不夠？」

這一次換秦芃不說話了，她彷彿沒聽到秦書淮說話似的，低頭喝了口茶，又抬手瞧著自己指甲上新描繪的花樣。秦書淮看秦芃的反應，就知道她不滿意。

「公主到底要什麼，不妨直說。」

「揚州刺史、順天府尹、重建北城軍由衛衍領軍。」秦芃迅速說了要求。

秦書淮聽了秦芃的話，冷笑出聲：「我誠意待公主，公主就這樣獅子大開口？」

「我等了王爺一日，王爺就這樣敷衍我？」秦芃抬眼看了秦書淮：「揚州刺史固然重要，但於我這樣在京中無權無勢的公主來說，揚州刺史又頂什麼用？」

「好。」秦書淮點頭應聲，秦芃有些詫異，她故意提了這樣多要求，其實就是打算和秦書淮慢慢磨，卻不想秦書淮這麼好說話？

然而秦書淮說完好，下一句就道：「這些事，我都可以依殿下，不過我想問公主認不認識一個人。」

秦芃聽了這話，心裡咯噔一下，果不其然，就聽秦書淮道：「陸祐，公主知道嗎？」

秦芃不說話，秦書淮這麼說，必然已經知道陸祐和她之間的關係。至少知道了陸祐對她來說還算重要。秦芃面上半分不顯，慢慢道：「王爺打算怎樣？」

「別和我兜圈子，」秦書淮直接道：「到底想要什麼說清楚，否則大家魚死網破吧。」

話說到這份上，秦芃也不打算磨，迅速道：「順天府尹和揚州刺史，我都要。若給不了，你便將陸祐殺了吧，我即刻讓江春下去陪他。」

「好。」秦書淮果斷點頭。

秦芃這才重新笑了，柔聲道：「我就喜歡同王爺這樣的爽快人說話。等我的人上任後，證據自會交到王爺手裡，王爺放心，此事我決不再提。」

秦書淮聽著秦芃這麼果斷放棄了姜漪的案子，不由得皺起眉頭。

「妳到底是誰？」秦書淮注視著她。

秦芃撐著下巴，拖長了聲音：「我就是秦芃啊。」

「不，」秦書淮立刻道：「妳不是。」

「我不是秦芃，」秦芃盯著秦書淮，眼裡帶著冰冷：「王爺覺得，我是誰呢？」

「這是我問妳的問題。」

「我真的是秦芃。」秦芃回答得坦然：「王爺這個問題沒有意義，反倒是我要問王爺，這麼多年，有夢到過姜漪嗎？」

「我夢她做什麼？」秦書淮回答得冷淡，絲毫不覺得自己這個回答有什麼不對。

秦芃瞧著他這冷漠的樣子，火氣瞬間上來，冷笑道：「殺了自己的妻子，王爺難道不會覺得良心不安嗎？」

「良心不安？」秦書淮咀嚼著這四個字，輕笑起來。他抬起頭，看向秦芃，眼中隱約帶著瘋狂之意：「她姜漪，她姜家都不覺得良心不安，我為何要覺得良心不安？」

「她是你的妻子，再有千萬般不好，你也不該如此惡毒！」

「我惡毒？」秦書淮狂笑出聲：「她姜家為權勢殺我髮妻，我惡毒難道不是應該的嗎！」

「縱我秦書淮陰狠毒辣，縱我此生罪行累累，可殺他姜氏全族，我從無悔意。」

「他們該死。」

秦書淮抬眼看她，彷若癲狂，一字一句，如同淬了穿腸毒藥，要將所有觸碰到的人毒得腸穿肚爛，痛斷肝腸。

「他姜氏全族，該死。」

第十四章 舊事

秦芃聽著這話，整個人都驚呆了。

姜家殺他髮妻？不，不可能！

秦芃回憶著，她是秦書淮親手毒殺的，這一點她記得清清楚楚，白芷也親眼看到。若她的記憶能騙過自己，白芷呢？白芷也會騙她嗎？

那秦書淮為什麼要這麼說？

秦芃冷靜下來，思索著秦書淮的意圖。

秦書淮是什麼人呢？

記憶裡她一直是看不太明白他的，他的情緒太內斂，表現得淺淺淡淡，愛也含蓄無比。他很少表達他的感情，以至於趙芃當年甚至在某些時刻懷疑，這個人是不是真的喜歡自己。

可喜不喜歡，對於當年的她來說也沒有多大所謂。她和秦書淮之間的關係，與其說是愛人，更像是親人。太長太久的牽絆和扶持，她為了保住他的性命，逼不得已下嫁了他，而他這麼多年，一直陪伴她，無條件站在她這一邊。無論喜歡不喜歡，有這一點就夠了。

可是她死後，秦書淮做得太明顯，彷彿變了一個人一樣，向天下昭告著對她的深情。

這不對，這不是秦書淮的性子。

秦芃在雙手攏在袖子裡，大拇指繞著圈，思索著秦書淮的種種行徑。

如果說先確認秦書淮的確是殺她的凶手，再來解釋這一切，比起推測秦書淮不是凶手，其實更好解釋。

姜家畢竟是秦書淮的岳丈，而當年姜家謀逆的證據卻是秦書淮提供的，而且姜漪其實是死在姜家伏法之前。哪怕他能以大義滅親解釋他主動揭發岳丈之事，卻也說不通為何在姜家伏法前殺姜漪。

他若赤裸裸說明就是為了權勢，殺了姜漪就是為了給董婉怡讓道，那未免太過卑劣，不如找一個藉口，遮掩他的狼子行徑。

如果說還因為少年時的趙芃對秦書淮始終存著那麼幾分欣賞，此時此刻，秦芃只覺得，這人真是太過卑劣。

她不介意小人，如她自己，就覺得自己是個小人。她讚賞華清宗，卻也願意搞文字獄恐嚇太傅辭官。因為權勢就是如此。大節不失之下，不是你死就是我活，一步走錯就是萬劫不復，能爬到這個位置，誰都不敢說自己乾乾淨淨。

然而既然壞，就要壞得坦坦蕩蕩。拿著感情當遮羞布，這樣的人，讓她覺得有些噁心。

她眼神有些冷，但她不能說太多，至少趙芃是秦書淮親手所殺這件事她不能說出來，她垂下眼眸，將當年的疑惑問出來：「當年姜漪死時，你已經掌握姜家屯兵的證據了吧？」

「嗯。」

「為何不等到姜家被判之後，再與姜漪撇清關係？」

秦芃有些不明白，其實當年姜家謀逆一事板上釘釘，姜漪死後不久姜家就出了事，到底是什麼原因讓秦書淮如此急切去殺姜漪，難道真的是為了向董家示好？

「妳瞭解姜漪嗎？」秦書淮抬眼看她。

秦芃想了想：「但聞其詳？」

「姜漪聰慧，當年與我聯姻一事，由姜漪一手策劃。嫁我三年，姜漪在我身邊安排暗樁十幾人，下毒刺殺數十次，當年姜家謀反在即，姜漪藏匿我府中，與外界通信不斷，如此千鈞一髮之際，我怎容得這樣的人在我府中？所以後來我得知她再次試圖刺殺我，便乾脆動手了。」

秦芃：「……」

她承認，當年死而復生自己是有點衝動，一心只想搞死秦書淮，幾乎把這輩子的手段都用上了。安插暗樁，建立自己的情報網和刺殺組織，花了三年時間天天就想著怎麼搞死秦書淮。

事實上她幾乎要成功了，那時候秦書淮不知道為什麼，四處尋找三四歲的孩子，她一個手下偽裝成小孩子去了秦書淮府上捅了秦書淮一刀。

為了秦書淮這一刀，她折損了自己培養的所有精銳殺手。可秦書淮命太大，養一養又活了過來。

幾次死裡逃生以後，秦書淮就越來越難殺了。最後秦書淮準備動姜家的時候，她是真不知道。秦書淮將她想得太厲害了些，其實她和姜家的聯絡不多，畢竟她也怕姜家看出她不是親生的。那三年她致力於如何謀殺秦書淮，所以她最後的通信對象其實不是姜家，而是自己在外面的人馬。

不過最後還在謀劃殺他，這事兒倒是真的。

秦芃覺著，如今她對生死看淡了，也沒想著一定要殺了秦書淮，是當姜漪的那些年，一心一意殺他殺得太心累。

「我動手後，姜家被激怒，澈底反了，我奉命平定叛亂，才有了後事。」

當年的事秦書淮說得平淡。三言兩語帶過了慘烈場景。

姜氏謀反一事雖然持續時間不長，但是卻也導致了上萬平民牽連其中。好在秦書淮準備充足，動作迅猛，快速平息了戰亂，將這場謀逆控制在最小範圍。

而後秦書淮將姜氏一族押送宣京，文煊帝向來是個寬容的君主，講究賞罰分明，於是姜氏雖按照謀逆罪滿門抄斬，文煊帝卻也看在姜家多年保家衛國的份上，允許將他們埋葬於宣京附近的城郊之中。

當時姜家人的屍首由官府派人抬上城郊山上埋葬，過了些時日，便有人發現，姜家墓地鋪了姜家故土才有的紅壤，有了墓碑。

「我與陛下都知道，姜家在北方勢力盤根錯節，他們雖然死了，但對他們忠心耿耿的人仍在，我一直在等。」秦書淮抬眼看她，目光中全是冷意：「等到了今日。」

看著秦書淮的目光，秦芃不由得笑了。

她終於明白秦書淮和她說這麼多話的原因。原來秦書淮是覺得，她是姜家的舊部，偽裝成秦芃來找他報仇。

秦芃抬手抿了口茶，慢慢道：「攝政王既然覺得我不是四公主，為什麼不直接揭穿我呢？」

秦書淮皺起眉頭，秦芃探過身子，靠近秦書淮。

她和他咫尺之隔，兩人靠的那麼近，秦芃的溫度秦書淮都能感覺到，秦芃靜靜看著他，眼裡帶著嘲諷：「是不敢，還是捨不得？」

秦書淮沒說話，秦芃笑出聲來：「衛衍又不是吃素的，我是不是秦芃他能不知道？我是不是秦芃，我母親、我弟弟、我身邊的人能不知道？」

「王爺，您覺得我不是秦芃，可您能拿出任何證據嗎？」

他拿不出。

這是秦書淮的軟肋。

他明明知道面前的人不該是秦芃，衛衍如此機敏的人，必然也是懷疑過的，衛衍比他更瞭解秦芃，衛衍既然驗過，那肯定不會出岔子，這個人到底是怎麼樣，才能將秦芃偽裝得如此天衣無縫且如此張揚？

明明不是秦芃，卻不加遮掩，這到底是因為她的確是秦芃才如此自信，還是空城計欲蓋彌彰？

秦書淮拿不準，秦芃直起身來，回到自己的位子上，斜斜倚靠在扶手上，含笑道：「事實上，王爺也拿不出什麼證據，因為本宮是秦芃，的確是秦芃。至於我和姜家什麼關係，我沒必要告訴王爺，王爺無需知道。反正有沒有姜家，我和王爺的關係也不會有什麼改變。」

「有共同的利益，你我是朋友。」秦芃說得客氣，慢慢道：「必要時，你我是敵人。」

秦書淮沒說話，許久後，他點頭道：「妳說得對。」

說著，他招呼人進來，江春聽了秦書淮的聲音，率先走了進來，給秦書淮換了一個新的手爐後，為秦書淮披上了披風，秦書淮朝著秦芃點了點頭：「公主說的話，還望記得。」

「自然，」秦芃點點頭：「人選名單我過幾日會給你，這個位子張瑛不會放手，你先和張瑛爭一爭。」

張瑛和秦書淮爭個你死我活，她的人上任就會更容易。畢竟比起她來，張瑛更討厭秦書淮。

秦書淮應下來，讓江春推著他走出去。

出門的時候下著大雨，秦書淮抬起眼來，看著雨簾傾盆而下，回想起當年送趙芃上山的場景。

那日也是這樣的大雨，他和趙鈺兩個人抬著棺槨，一步一步走上山去。

他其實是想帶著趙芃回齊國的。

她是他的妻子，不管怎麼樣，都不該回到自己娘家的陵寢。然而他帶不走她。

他還記得自己跪在姜漪父親面前時，他坐在上方吃著橘子說的話──人已經死了，就別帶過來膈應人了。來了也好，一把火燒了，乾乾淨淨的，免得讓人糟心。

那時候他跪在地上，整個人都在顫抖。

他知道是這個人動的手，他明明知道，可是他沒有辦法。

一個無權無勢的質子歸國，面對權傾朝野一心想要他當傀儡的將軍，他能有什麼辦法？

他連自己的生死都決定不了，還能決定什麼？

於是他只能送趙芃回去。

送上山的前一日夜裡，他抱著她的屍體，哭得撕心裂肺。

她是他唯一的親人，唯一的愛人。

他沒有父親，沒有母親，沒有家人，沒有朋友。

二十歲之前，秦書淮只有趙芃，可是她卻死了。

他明知道凶手是誰，可他卻毫無辦法。他甚至連拚命的資格，都無法擁有。

那日清晨，趙鈺來接趙芃，看著他抱著她，趙鈺站在帷幕外面，冷靜開口。

「你有資格哭嗎？」

「秦書淮，如果不是你懦弱無能，如果不是你無權無勢，我姊姊至於走到今日嗎？」

「我姊姊本來是一國公主，她本來該留在北燕，等著我稱帝為王，同我共用北燕江山，坐擁無上榮耀，是你搶走了她，是你帶走了她。」

「既然要帶她走，就好好護著他。可你呢？」趙鈺笑出聲來，滿是嘲諷：「你連她的屍首，都護不住。」

「秦書淮，」風捲起白紗帷幕，露出趙鈺冰冷平靜的面容，他雙手攏在袖中，一字一句，冰冷開口：「你給我放開她！」

念及當年，秦書淮閉上眼睛，整個人微微顫抖。

江春察覺秦書淮的不適，趕忙道：「王爺！」

被江春這麼一驚，秦書淮緩緩睜開眼睛，吐出一口濁氣：「無妨。」

說完，秦書淮往外走去，淡道：「找幾個合適揚州刺史和順天府尹的人給我。」

秦書淮走後，秦芃坐在房間裡，腦子裡思索著秦書淮方才的話。

秦書淮的話，她自然是不肯信的。但她這個人有個習慣，就算是自己認定的東西，也會再三核實。她回憶著當初的場景，過了一會兒，白芷走了進來，秦芃抬起頭，聽白芷道：「秦書淮讓人轉告妳，說妳把證據交給他，他就將陸祐放回來。」

「讓人轉告他，」秦芃倒不是特別在意這事，既然兩個人說好了，秦書淮便不會對陸祐做太多。這點信任，秦芃還是會給他的。於是她撐著下巴，慢慢道：「等我的人上任揚州刺史和順天府尹，證據我再轉交給他。這期間陸祐少了一根汗毛，都別怪我不客氣。」

白芷點點頭，跪坐在秦芃身側：「他說了什麼？」

秦芃正等著白芷問她，她抬起頭，眼中帶著嘲諷：「他說趙芃是姜家殺的，所以他才殺了姜家。」

聽了這話，白芷輕笑出聲，聲音中全是嘲諷冷漠，「他真是越活越回去了。」

「哦？」秦芃抬頭瞧著白芷：「白姑娘為何如此說？」

「殺個人還要千萬理由，連這點勇氣都沒有，秦書淮不是越活越回去了嗎？」

「白姑娘，」秦芃眼中帶著疑惑：「其實我不明白，您為什麼堅持認為秦書淮是凶手？據我所知，當年您並沒有跟隨趙芃一起到齊國。」

其實秦芃一直很奇怪，趙芃總說她親眼看到秦書淮殺了秦芃，可實際上白芷當年嫁給夏侯顏，她就讓白芷留下了，按理來說，白芷不該看見。而且白芷不但看見了，還信誓旦旦認為是秦書淮為了娶姜漪做的。

白芷是一個講證據的人，無緣無故，她絕不會做此推測。

「當年我的確留在了北燕，」白芷點點頭，眼裡帶著遺憾：「那時候我新婚，公主希望我能有自己的生活，讓我留在北燕好好當我的官夫人。我不捨丈夫，便讓公主孤身前去。後來有一日，五殿下倉皇來找我，告知我說公主有難，讓我去救她。」

「五殿下……趙鈺？」

秦芃有些吃驚，當年秦書淮殺他，趙鈺居然提前得知的嗎？

「是。」白芷點頭，繼續道：「五殿下給了我人手，我星夜兼程趕去，卻只來得及見公主最後一面。我衝進去時，秦書淮正親手餵完殿下毒藥，他手上全是抓痕，可見當時公主極其痛苦，曾經奮力掙扎……」

說到這裡，白芷眼裡有了潮意。

秦芃沒有說話，白芷的形容與她的記憶相符，並沒有出入，白芷深吸一口氣，繼續道：「當時我去搶公主的屍體，秦書淮卻死死抱緊了屍體，不肯放手，我去得匆忙，只帶了幾個人，根本不是秦書淮侍衛的對手，於是匆忙離開。我被他們的人一路追殺進了密林，在裡面養傷不出。等我出來的時候，原來五殿下已經找到了秦書淮，他想帶著公主屍骨回去，秦書淮不肯應允，堅持說這是他的妻子，誰也不能帶走她。」

白芷說著，冷哼出聲：「親手殺了人，又裝著情誼深厚不肯交出屍體，除了遮掩他的狼子行徑，還能是什麼？」

「我聽聞他固執守著公主的屍體七日，這時候姜家人上門，不知道與他說了什麼，而後五殿下又上門，不知又說了什麼，他就將屍體送回了北燕。仵作給公主驗屍，因五殿下不忍破壞公主屍身，只能根據身體上的特徵驗證，公主的確死於中毒，但具體是哪一種毒就不得而知。」

「這不重要。」秦芃嘆息出聲：「妳已經看見殺人凶手了。」

「對。」白芷冷笑著開口，眼中帶著殺意：「秦書淮殺的人，他用哪一種毒，一點都不重要。只是等我回去的時候，公主已經下葬，秦書淮已經趕往齊國。五殿下聽了我的話，將自己關了一晚上，而後他提著劍出來，要去找秦書淮。」

「這時候我突然意識到，殿下不能找秦書淮。秦書淮既然已經回了齊國，不管齊國怎麼看待他，他在齊國地位如何，他都是齊國的皇親國戚。五殿下正值奪嫡之際，不能有任何差池。公主一生心血都在五殿下身上，公主身死，我不能讓殿下以身犯險。」

聽了白芷的話，秦芃舒了口氣。

她素來知道這個弟弟一切以她為重，當年她最擔心最關心的事，就是她死之後，趙鈺怎麼辦？

會不會難過，會不會悲傷，會不會痛哭流涕。

但凡想到那個孩子的心情，秦艽就覺得難過。

只是重生了三次，人就看開了，趙鈺也長大了，聽聞他在北燕當了皇帝，過得很好，她也就放下心來，不再掛念。

秦艽點點頭，讚揚白芷：「妳做得對。」

「殿下不能做什麼，不代表我不能做。我回去與丈夫辭別，而後帶著人和錢來了北燕，我到達北燕後不久，就聽聞秦書淮上姜家提親。於是我一直埋伏在秦書淮周邊，想打探當年發生過什麼。」

「因此我來到了姜家，此時姜家大小姐姜漪正在招兵買馬，她做得隱蔽，很少有人知道。我易容成了她的屬下，替她執行任務。她與秦書淮似乎是對立的，安排運行都圍繞著如何刺殺秦書淮進行。我十分奇怪她為何這樣，不過妳也知道了，」白芷喝了口茶，慢慢道：「妳認識陸祐，就該知道，姜漪並不是主動嫁給秦書淮的，她也是被逼無奈。秦書淮作為質子登門求親，他父親早有謀反之心，看中秦書淮的身分，因此強逼著姜漪嫁給秦書淮。姜漪可能是對這段婚姻不滿，也可能是為了阻止自己父親謀反，總之她一心想要殺掉秦書淮。」

當了三年姜漪的秦芃聽了這些話，內心複雜。

她突然覺得白芷有點不牢靠了。

事實上，當年她穿到姜漪身上時，腦子有點不清醒，幾乎沒有繼承姜漪任何記憶，這也是她一直裝病不肯回姜府的原因。然而她仍舊記得出嫁前姜漪父親、兄長的話，兩個人言語裡，姜漪對這門婚事似乎並沒有不滿，反而是十分主動積極。

於是秦芃只能道：「這些事是誰告訴妳的？」

「姜漪暗部裡最瞭解她的人，陸祐。」

秦芃：「……」

老子信了妳的邪。

秦芃憋住了罵人的衝動，繼續道：「那妳是怎麼在姜漪身邊知道秦書淮和姜家聯手殺趙芃的呢？」

白芷一臉認真：「姜漪親口所說。」

秦芃：「……」

第十五章　報仇

聽著白芷的話，秦芃有點憂傷。

這樣的情報，不如不報。

她憋了半天，很想告訴白芷，其實當年她就是是隨便說說，瞎猜的，然後和陸祐分享了一下她對秦書淮這個人的看法，誰知道陸祐轉頭就去和白芷這麼說了。

她忍住一巴掌抽死白芷的衝動，吸了口氣，艱難道：「白姑娘啊，除了姜漪的話，妳還有其他證據嗎？」

「當然有，」白芷冷笑：「後來我被姜漪的父親姜源看中，到他手下做事，我從姜源口中得知當年始末。當年秦書淮南歸回齊，主動聯絡了姜源，希望南回之後，姜源能夠助他一臂之力。姜源拒絕了秦書淮，因為覺得秦書淮不好控制。為了給自己回齊國鋪路，秦書淮主動和向姜源許諾，願意以正妻之位迎娶姜漪。」

「可是趙芃乃北燕公主，他沒有膽量休妻，一旦他如此做了，那就是在打北燕皇室的臉。哪怕北燕皇室已經捨棄這個公主，也容不得皇族尊嚴被一個質子如此踐踏。」秦芃覺得有些嘲諷，靠在墊子上，閉上眼睛。

白芷點點頭，冷靜道：「所以他選擇了殺妻，對外宣稱是趙芃水土不服病逝。面子給了北燕，如果不是五殿下執意驗屍，不是我親眼看見他下毒，誰又知道真相是什麼？」

秦芃沒接話，她心緒有些亂。

其實有些時候她都在想秦書淮是不是真的那麼深情，是不是她真的誤會了秦書淮，然而一想到這些年她的探子探到他的所作所為，一想到他如此冰冷殺妻三次，她就無法說服自己，秦書淮不是一個會賣妻求榮的人。

她看錯過秦書淮太多次。

她曾經以為他單純天真，曾以為他心底善良甚至有些軟弱，曾以為他與世無爭，然而這六年他所作所為卻都像是針對她當年認知所展現的巴掌，一巴掌一巴掌啪啪打臉，打得人臉都腫了。

「妳說這些，」秦芃閉著眼睛：「有證據嗎？誰告訴妳的？」

「姜源親口所說。」白芷冷靜開口，隨後皺起眉頭：「妳關心這些做什麼？」

秦芃被白芷的話提醒，她不能表現得對自己不該關心的事情太過熱情，否則白芷會懷疑她。到時候她又拿不出讓白芷信服的理由，白芷會更加懷疑她然後澈底遠離。

難道她要說——白芷，我是妳曾經的主子？

白芷大概會活刮了她，然後逼問她，說實話，妳到底是誰！

想想這場景太美，於是秦芃淡道：「哦，隨便聊聊天，想多瞭解妳。」

「咱們不需要互相瞭解。」白芷站起身來，平靜道：「等秦書淮死了，妳我分道揚鑣，這輩子不用再見了。」

秦芃：「……」

從未想過白芷是這樣絕情的人。

秦書淮的事讓秦芃心煩了半個時辰，她很快調整了自己，然後從朝堂裡找了兩個合適的人，登門造訪。

她選的人大多是有一些才能，但也算不上出眾，沒有什麼門路的貧寒官員。公主親自登門，讓他們如遇伯樂。秦芃聊了好幾個官員後，選出兩個看上去合適的，讓人盯了一段時間。

期間秦書淮和張瑛在朝上就著揚州刺史的空缺拉扯，而順天府尹暫時扣押不問，順天府內一切事物由其內部人員頂上。

秦書淮被張瑛逼得有些煩，夜裡讓人帶信給秦芃，讓她早點將自己的人的名單給他。

秦書淮的信來得突然，秦芃在家裡喝茶看摺子，外面突然一箭射進來，扎在秦芃窗戶上，秦芃被嚇得手都抖了，等取下信後，發現是秦書淮的信，她冷笑了一聲，讓白芷和衛衍借了人，隨後給秦書淮回了信：等著。

她特意囑咐了帶信的人，一定要一箭射進秦書淮房間窗戶上，嚇死他。

侍衛得令，過去一箭設在秦書淮窗戶上，秦書淮看著箭，皺了皺眉頭，等江春取下信來，秦書淮抬頭，冷淡道：「你是怎麼把信送進去的？」

「用箭射的。」

「射哪兒了？」

「窗戶……」江春有些心虛，兩人將目光移到窗戶上留的箭痕上，片刻後江春乾笑道：「這個，公主還挺記仇哈……」

秦書淮從他臉上淡淡掃過，平淡道：「修窗戶的錢從你月銀扣。」

江春：「……」

片刻後，江春有些無奈，跟上來到書桌前的秦書淮，嘆息道：「王爺，你這麼有錢，犯得著這點錢都和我計較嗎？」

秦書淮如今的腿好得差不多了，只是人家說傷筋動骨一百日，秦書淮還是老老實實坐在輪椅上，宛若殘疾人士。

秦書淮回了一個「快點」給秦芃，這次讓江春老老實實恭恭敬敬送了過去，秦芃見江春有禮貌，也就給秦書淮一個面子，淡道：「回去告訴他，知道了。」

江春應下，正往大門走去，秦芃突然道：「慢著，同你家主子說說，給陸祐吃點好的……算了，」秦芃還是有些不放心，嘆息道：「同你家主子說，安排個時間，我去見見陸祐。」

江春回去轉告了消息，秦書淮從摺子裡抬起頭來，皺起眉頭。想了想，他道：「告訴她，明天晚上。」

說著，秦書淮又道：「讓千面去見一次陸祐，按著他的臉做一張面具給我。」

「是。」

江春立刻明白了秦書淮的意圖，回去給秦芃帶了信以後，便去找了千面。

秦書淮的手下多能人異士，千面就是一個專門給人易容的巧匠，把一個人交在手裡，他就能做出和那個人一模一樣的一張臉來。

秦書淮本來沒動這個心思，但今日秦芃提了要見陸祐，他便有了偽裝陸祐的想法，陸祐這邊是問不出什麼了，但秦芃呢？

對於秦芃到底是誰，秦書淮始終在意。

當日晚上江春給陸祐灌了麻藥交到千面手裡，千面連夜趕製，總算在第二日晚上做出了陸祐的人皮面具。而秦書淮則是下朝之後就對外宣布出城，等到了晚上，秦芃來到淮安王府，只有江春接待她。

秦芃不由得有些奇怪：「你主子外出，你不跟著去？」

「今日不是我當差，」江春回答得很謹慎，將秦芃帶到地牢裡。

秦書淮早就在地牢裡等著了，他偽裝成陸祐的樣子，用鐵鍊拴住。江春同秦芃解釋道：「之前抓他時打鬥中擊中他脖頸，傷了嗓子，現在不能說話，我先提前和妳說一聲。」

秦芃對江春如此坦蕩的行徑感到有些憋屈，他們打了人，但江春這麼坦蕩蕩的樣子，彷彿打得沒錯一般。罵吧，陸祐還在他們手裡，萬一不小心把人罵生氣了，給陸祐找麻煩，那就不好了。

於是秦芃只能板著臉不說話，用無聲表達自己的抗議。

走了一會兒，秦芃到了地牢裡，總算是見到了陸祐。

他穿著白色的裡衣，坐在牢房邊上，靠在牆上，雙手雙腳都拷上了鐵鍊，彷彿在關押一隻巨大的動物。

江春很識趣的選擇了退下，地牢裡就剩下了秦芃和「陸祐」兩個人，秦芃看了看縮在牆角的人，小聲喚了聲：「陸祐？」

秦書淮沒說話，低著頭，秦芃皺起眉頭，聲音越發輕柔：「陸祐，你沒事吧？」

說著，她走到牢房旁，看著「陸祐」的樣子，不由得有些擔憂：「你怎麼了？他們對你做了什麼？」

秦芃越說越覺得是秦書淮做了什麼，正打算去找江春，就被裡面的人伸出一隻手，握住了袖子。

「陸祐」搖了搖頭，抬起頭來瞧她。

他的眼神有些疲憊，看得出是累了。秦芃歪著頭想了想，確認道：「是不是太累了？」

「陸祐」點點頭。

「陸祐」一累就很沉默，從來都是面無表情，一副天塌了也和我沒有關係的樣子。這一點秦芃倒是知道的。

秦芃想了想，從旁邊拖了個墊子來坐了下來，看著「陸祐」道：「過得還好嗎？」

她說話很溫柔，很隨和，完全沒有平時和秦書淮說話那警惕的模樣。秦書淮心裡有些詫異，卸下了防備的秦芃，更像他記憶裡那個人。

那個人也是這樣的，她要是將你當做自己人，說起話來語調都會軟上那麼幾分。

她總是和他說，窩裡橫算什麼出息？越是親近的人，越要禮讓三分，越要對他好得更多。

你敢對著外面的人這麼大吼大叫開玩笑嗎？

如果不敢用同樣的語調和外面的人講話，就不該這樣同自己人講話。

他少年時不懂事，還會朝著親近的人發脾氣，他記得那時候他還小，有一次被人欺負了，火都堵在心裡，剛好她來找他，吵吵嚷嚷著要和他去放風箏，他沒控制住自己，提聲吼了他。

趙芃一貫都是嘻嘻哈哈的，當時她冷了臉。

「不就是被那幾個小混蛋欺負了嗎？你對我發什麼脾氣？沒本事掙回來，就知道窩裡橫？」

「不就是仗著我對你好嗎？」

那些話罵得他的火氣瞬間退了下去。

從那以後，他就一直記著。

劍是給外人看的，刀是為自己人拔的。

對自己人，總得比對外人好。

秦書淮看著面前分外溫和的秦芃，垂下眼眸，他抬了手，在地上寫字，秦芃有些不耐煩，將他的手抓過來，自己攤開手心道：「寫我手上，你在地上瞎比劃，我看不出來你寫了什麼。」

秦書淮有些無奈，趙芃是個觸覺比視覺更敏銳的，沒想到這個人也是。

他沒辦法，只能在秦芃手心上寫字——「來看我做什麼？」

「陸祐」的手指有些涼，指腹帶著繭子，摩挲在她手心，有些癢。

秦芃感覺酥酥麻麻的，突然就有些後悔，幹嘛要讓陸祐在自己手心寫字，可是她也不好說什麼，假作什麼都沒發生一樣道：「哦，我怕秦書淮欺負你，就來看看，你過得還好吧？」

「好。」秦書淮迅速回應，寫了一個字。

秦芃點點頭，有些好奇：「你到底是怎麼被發現的？」

秦書淮抿了抿唇，秦芃立刻道：「算了等你能說話再同我說吧，過一段時間你就要回我身邊來了，陸祐，」秦芃嘆了口氣：「時間過得真快，你上一次在我身邊當我的侍衛時，已經是六年前的事了。」

秦書淮聽著，迅速記下了這個訊息。

六年前，陸祐當過秦芃的侍衛。

想了想，秦書淮又在秦芃手上寫道：「他們的墓，妳看過了嗎？」

秦書淮不太確定陸祐對姜家的稱呼，於是用了一個比較生硬的句子。

秦芃笑了笑，有些苦澀：「看過了，好多墳啊。」

不知道怎麼的，秦芃想起以前當姜漪的時光。

她與姜家聯繫不多，但是姜家對她還是極好的。

她嘆了口氣，閉上眼睛：「姜家如今就剩我一個人了，陸祐，咱們都活著，好好活著。」

「這樣，」秦芃慢慢睜開眼睛，眼中一片冰冷：「才能報秦書淮當年殺我之仇。」

——《四嫁》（卷一）完——

——敬請期待《四嫁》（卷二）——

高寶書版集團
gobooks.com.tw

YE 104
四嫁【卷一】
作　　者　墨書白
責任編輯　吳培禎
封面設計　單　宇
內頁排版　賴姵均
企　　劃　何嘉雯

發 行 人　朱凱蕾
出　　版　英屬維京群島商高寶國際有限公司台灣分公司
　　　　　Global Group Holdings, Ltd.
地　　址　台北市內湖區洲子街88號3樓
網　　址　gobooks.com.tw
電　　話　(02) 27992788
電　　郵　readers@gobooks.com.tw（讀者服務部）
傳　　真　出版部(02) 27990909　行銷部 (02) 27993088
郵政劃撥　19394552
戶　　名　英屬維京群島商高寶國際有限公司台灣分公司
發　　行　英屬維京群島商高寶國際有限公司台灣分公司
法律顧問　永然聯合法律事務所
初　　版　2025年04月

原著書名：《四嫁》由北京晉江原創網絡科技有限公司授權出版。

國家圖書館出版品預行編目(CIP)資料

四嫁 / 墨書白著. -- 初版. -- 臺北市：英屬維京群島商高寶國際有限公司臺灣分公司, 2025.04
冊；　公分. --

ISBN 978-626-402-227-9(卷1：平裝). --
ISBN 978-626-402-228-6(卷2：平裝)

857.7　　114003838